子を抱く灰かぶりは日陰の妻

ケイトリン・クルーズ 作

児玉みずうみ 訳

ハーレクイン・ロマンス

東京・ロンドン・トロント・パリ・ニューヨーク・アムステルダム
ハンブルク・ストックホルム・ミラノ・シドニー・マドリッド・ワルシャワ
ブダペスト・リオデジャネイロ・ルクセンブルク・フリブール・ムンバイ

GREEK'S CHRISTMAS HEIR

by Caitlin Crews

Published by Harlequin Japan,
a Division of K.K. HarperCollins Japan, 2024

ケイトリン・クルーズ

ニューヨークシティ近郊で育つ。12歳のときに読んだ、海賊が主人公の物語がきっかけでロマンス小説に傾倒しはじめた。10代で初めて訪れたロンドンにたちまち恋をし、その後は世界各地を旅して回った。プラハやアテネ、ローマ、ハワイなど、エキゾチックな地を舞台に描きたいと語る。

主要登場人物

コンスタンス・ジョーンズ……保育士。
ドロシー・ジョーンズ……コンスタンスの祖母。故人。
アナクス・イグナティオス……実業家。
ヴァシリキ・イグナティオス……アナクスの妹。
エフゲニア・イグナティオス……アナクスとヴァシリキの母親。
ナタリア・ジョイ・イグナティオス……アナクスとコンスタンスの娘。
マリア……アナクスが雇ったベビーシッター兼家事手伝い。

1

アナクス・イグナティオスには経営すべき企業帝国と、蹴散らすべきライバルと、支配すべき世界があった。父親に似て父性というものに欠けていた彼には、二つの人生の選択肢があった——酒に溺れては拳をふるう一族の男たちと同じ道を歩むか、あるいは成功者となるか。

　アナクスは後者を選んだ。

　独学で株を学び、最初の百万ドルを稼いだあとはニューヨーク、ロンドン、そして東京の金融界の魔術師たちを打ち負かした。最近では悪徳企業を見つけては買収し改革していた。

〝兄さんは世界の救世主ってわけね〟口が達者な妹のヴァシリキは、かつてこう言って鼻を鳴らした。〝企業の数を減らさずに、いい企業を増やしているもの。喜ぶ人々の声が聞こえる気がするわ〟

　兄に救われたにもかかわらず、妹はアナクスと顔を合わせるたびに生意気な口をきいた。アテネの荒れた地域では毎日生きていくために戦わなければならなかった。そこで暮らしていた多くの少女たちと同じく、ヴァシリキも苦しみと痛みに満ちた生活を強いられた。

　きょうだいの母親もそうだった。

　アナクスに怪物だった父親をこの世から消し去るチャンスはなかった。パラスケヴァス・イグナティオスはある夜、酔っぱらって喧嘩《けんか》を始めた。父親が命を落としたのは、アテネでもっとも危険な地域の汚い通りだった。

　その運命のいたずらはアナクスを救った。

　だからといって、彼は父親の死を喜ばなかった。

なによりも望んでいた父親を自分の手で追い払うという夢を無残にも打ち砕かれた結果、十代のアナクスはまわりにいる家族を助けようと決めた。スラム街から遠く離れた家に母親を住まわせ、泣く母親に寄り添い、自らの無力さに憤慨した。妹には教育を受けさせた。彼自身は受けられなかった特権だったが、妹が感謝することはなかった。

堕落したほかの血縁者たちには、まっとうな道に戻らない限り縁を切ると宣言した。ところが、誰一人更生した者はいなかった。

アナクスは自身の人生をよりよいものに変えるために努力しながら、時間と気力と増えつづける財産を愛する人たちの人生をよりよいものにするために使った。

自分が善人であるかどうかはわからなくても、よい行いはしたかった。そうすることは重要であるはずだった。

なのに今、アナクスはここにいた。

そこはトウモロコシ畑だった。ある畑はすっかり刈り取られ、ある畑は雪が厚く積もっていた。

ここはアメリカのアイオワ州だ。

あまりにひどい裏切り行為に、アナクスは信じられない気持ちでいっぱいだった。これが元恋人のデルフィーヌがついた嘘《うそ》であってくれればいいのだが。

それでも、自分の目で確かめなければならない。確かめないわけにはいかないのだ。

そして、もし本当なら……なにをすべきかはわかっている。

アナクスは、自分が父親の暴力的なところを受け継いでいると信じていた。一瞬たりとも疑ったことはない。どれだけあの父親をこの手で殺したいと願っていたかは、僕がいちばんよく知っている。

父親の負の遺産を受け継ぐつもりはみじんもなかった。どれほどあの男の拳を受け、痛みに耐えたか。

何人が体に傷を負い、人生を壊されたか。

それでも僕はここにいる、とアナクスは思った。目の前の地平線はわずかな光にしか照らされていない。まるで太陽もこの場所の寒さがあまりに厳しいと感じているかのようだ。

アナクスは目の前に広がるトウモロコシ畑をにらみつけた。ここは彼の知るアメリカではなかった。海岸沿いにある大都市は人々と可能性であふれているが、このなだらかな起伏が続く丘陵地帯にはどこまでも広い空しかない。遠くにある複数の農業施設が寒い十二月の午後に身を寄せ合っているようなさまは、トスカーナなどにある中世の村を思わせた。明かりがきらめいているので、人は住んでいるようだ。

そういえば今日はクリスマスイブだった、と彼は気づいた。

しかし、頭の中には元恋人の顔しかなかった。

その元恋人が悪い意味で忘れられない存在になっていなければ、彼女を思い出しもしなかったはずだった。

何事も大げさに騒ぐのが好きなデルフィーヌは、アナクスが電話に出なくなった現実を受け入れなかった。最初のうちはアナクスが所有するあちこちの会社に行っては彼に会おうとし、警備員に何度も拒否された。するとデルフィーヌはやり方を変え、あらゆるメディアにアナクスからひどい仕打ちをされたと訴えた。彼の悪行をでっちあげる行為は数カ月間にわたって続いた。

アナクスは一カ月かそこらしかデルフィーヌとつき合わなかったし、会った回数もわずかだった。彼女にはただの気晴らしだとはっきり伝えていた。

女性関係にはつねに細心の注意を払い、近づいてくるどんな女性にも気を許したことはなかった。

彼は、両親が情熱と呼んでいたものを見すぎていた。それが腐り、だめになっていくのを。父親も母親も教会で結婚したからという理由で離婚をしなかった。〝結婚には大きな意味があるのよ〟と母親は激しい口調で言った。〝神さまに誓ったんだから〟

だが父親にとっての結婚は妻のエフゲニアを召使いとみなし、言いなりにさせるためにあったようだった。エフゲニアは夫に料理を出し、引っ越すたびに汚い家をきれいにした。彼女は夫がどこへ行き、なにをしていたのかについて質問してはならないと承知していた。はむかったり、訳知り顔をしたりすらしなかった。

幼いアナクスが結婚とは呪いであり、情熱とは偽りであり、愛とは茶番劇だと理解するのにそれほど時間はかからなかった。

父親は愛を口にしたことがなかった。愛を口にしたのは母親だった。エフゲニアは今も熱心に神を信じているが、アナクスの目からは母親が夫と同じくらい教会に支配されているように見えた。

デルフィーヌにも期待は抱かせなかった。

〝アナクス、崇拝者がいるのはあなた一人じゃないのよ〟最後に顔を合わせたとき、彼女はそうささやいた。〝私にも多くの崇拝者がいると知ったら、あなたは驚くんじゃないかしら〟

彼はデルフィーヌの言葉を疑わなかった。彼女は危険なほど美しい女性だ。だからこそ僕も目をとめた。

その夜のアナクスは善人でいようとした。イグナティオス家の暴力的な血に従い、デルフィーヌをどなりたくはなかった。彼女がついた嘘の数々を考えれば、どなって当然だったが。

しかし彼はただうなずき、あきれた顔でつぶやいたのだった。〝そうか《エンダクシ》〟

あとで舞踏会の主催者とボディガードたちを問いつめるつもりだった。自分にデルフィーヌを近づけるなとはっきり伝えていたのに、どうして彼女がまぎれこんだのかと。僕を招待するイベントに、あの女性は招待されないはずだ。

どちらに来てほしいかは考えるまでもないだろう。デルフィーヌはあまり有名ではない女優兼モデルで、しかもどちらの分野も才能に欠けていた。

一方、アナクスは……アナクスだった。

彼は礼儀正しい態度を貫いた自分に満足し、成長を感じた。〝タブロイド紙を巻きこんだゲームは終わりにしよう〟しばらくしてそう続けると、デルフィーヌは伝えたいことがあるかのようにこちらを見つめた。そんな目をしても僕には通用しない、と彼女に言ってもよかった。なにをしようと無駄だ、僕は自身の悪い評判も楽しんでいる、誰も気にとめていないし、正直言うと実際の僕よりおもしろい男みたいに思えるからね、と。

デルフィーヌが食ってかかった。〝アナクス、あなたも足をすくわれることはあるのよ。いつかは〟

アナクスは肩をすくめた。〝ありえないな。だががんばってくれ〟

それ以来デルフィーヌについてはあまり考えなくなり、一年半近くが過ぎた。タブロイド紙は大騒ぎをやめ、元恋人が突然現れることもなくなっていた。おそらくもっと興味を引くものができて、僕にかまう暇がなくなったのだろう。

ところが二週間前、アテネの贅沢《ぜいたく》なオフィスに警備責任者がやってきた。ギリシアにしては肌寒い、しかしよく晴れた十二月のある日のことだ。アナクスはその週、厳しい交渉を楽しんでいた。弁護士を何人もかかえているにもかかわらず、彼は自分で動くのが好きだった。

楽しみは自ら作るものだ。

〝厄介な手紙が来ました〟スタヴロスが渋い顔で報告した。

〝よくあることだろう〟アナクスは穏やかに応じた。

そしてノートパソコンを閉じ、椅子の背にもたれた。手紙について考えるのではなく、もっと会いたいと訴えている今の恋人の存在を思い出し、そろそろ別れたほうがよさそうだと判断する。母親を心配することは今も続いていた。それもこれも母親がのんびり老後を過ごすのではなく、教会での活動に没頭しているせいだ。返信はあえてしていないが、妹にもメールで非難されている。

気がまぎれる交渉があってよかった。

しかしスタヴロスはアナクスの、アクロポリスの丘の遺跡にも負けない美しい大理石でできた最高級のデスクの前から動かなかった。

〝私たちはこの手紙をあなたに見せる前に、苦労して真偽を確認しました。こうして報告できて、今はほっとしているくらいです〟

それから、警備責任者は言葉を選びつつすべてを打ち明けた。

ひどいとしか言えない内容だった。

アナクスは飛行場から乗ったいかめしいSUV車の後部座席で、自分の両手が拳に握られているのに気づいた。目的地はどう見てもちっぽけな町だった。秘書たちに次から次へと地図を見せられても、彼はなかなか理解できなかった。

それは今も同じだ。

この二週間はぼんやりとした中で過ぎていった。だが、一つだけはっきりしたことがあった。

デルフィーヌはアナクスの前から消えたが、彼の人生から消えたわけではなかった。彼女はみじんもあきらめていなかった。そして卑劣な計画を実行した。

理解できない。あの浅はかな女が、会った回数もわずかで、僕の体と金以外はなにも知らないはずの女が、どうやって僕を傷つけられる方法を思いついたのだろうか？

たぶん、答えは永久にわからないだろう。

座席の隣にいた、アシスタントにして妹のヴァシリキが身を寄せてきた。彼女は拳になっているアナクスの手を見て目を見開き、兄の腕をたたいた。

アナクスに手の力を抜くよう言う必要はなかった。二人は同じ家で育っていた。同じことで怒りを覚え、癇癪《かんしゃく》を起こし、叫び声をあげては相手を攻撃してきた。

アナクスは少なくとも週に三回はくびにするぞとヴァシリキを脅したが、一度も実行したことはなかった。妹はかけがえのない存在であり、優秀なアシスタントでもあった。ヴァシリキならどの会社でもアシスタントを務められただろうし、経営ですらできただろう。なのに彼女はアナクスのそばにいて、兄と世間との調整役も務めていた。

つまり父親と同類になりさがっていないかどうか、見張っていたのだ。

ヴァシリキに警告されて、アナクスは手の力をゆるめた。

「もうすぐよ」ヴァシリキが窓の外を見ながら言った。その表情は読めなかった。

アナクスは自分の中に、決して抱くまいと思っていた怒りが芽生えるのを感じた。「よし」

〝よし〟と言えることなどなにもなかった。それは現在進行形の、またしても彼にはとめられなかった悲劇だった。終わらせることもできず、できるのはその結果に向き合うくらいだった。

姿を消したデルフィーヌはアメリカに飛んでいた。アナクスの部下たちがニューヨークに到着してからのデルフィーヌの動向をつなぎ合わせ、理解したところによると、彼女はマンハッタン郊外にある医学会議が行われたホテルのバーを訪れた。医師を誘惑するつもりだったのは明らかだが、念のため、部下たちはホテルが保管していた防犯カメラの過去の映像も発見していた。

デルフィーヌが近づいた医師は、とある街のクリニックで高い評価を得ている人工授精の専門家だった。そして既婚者だった。だからこそデルフィーヌは医師と情熱的な一週間を過ごしたあと、彼のクリニックに現れたのだ。

その記録も残っていた。

彼女が医師を脅迫したかどうかは想像するしかない。

あとは、送られてきた手紙の内容から推測するしかなかった。

デルフィーヌはこう書いていた。〈あなたも足をすくわれる、と警告したとおりになったわよ。おめでとう、パパ。偉大なアナクス・イグナティオスの子供が、遠い土地で薄汚い農夫になるなんて残念ね。タブロイド紙が見つける日が待ち遠しいわ〉

今週初め、アナクスの部下たちはデルフィーヌに会っていた。彼女はカリブ海に浮かぶサン・バルテルミー島で悠々自適の生活を送りながら、自分がしたことを人々にしゃべってまわっていた。ただし、読んだ本の内容だとごまかしていたらしい。恋人の使った避妊具を取っておき、既婚の不妊治療医に頼んで無作為に選んだ女性を妊娠させることで、自分を捨てた恋人に思い知らせた女性の物語だと。

〝私は彼女に、なぜそんなおぞましいまねをしたのかと尋ねました〟スタヴロスがアナクスに言った。〝すると彼女は、できたからしたのだと答えたんです。アナクス、あなたも好き勝手にしていたのだからと〟

その瞬間、アナクスの胸に不当だという思いが燃えあがった。今もその思いは変わらない。

警備責任者によると、デルフィーヌは大笑いし、〝これで立場は逆になったんじゃない？〟と言って、アナクスのために乾杯までしたという。実際はもっと汚い言葉を使ったそうだが。

〝デルフィーヌの責任を問うのはむずかしいでしょう〟と弁護士はアナクスに説明した。〝その不妊治療医に二度と仕事をさせないようにするほうが簡単だと思います〟アナクスはまず、そこから始めた。

そして今、オハイオ州にいた。

彼は子供を身ごもった女性に会いに行こうとしていた。

一度も会ったことのない女性が、一度も望んだことのない僕の赤ん坊を妊娠しているとは。

アナクスは必死で感情を抑えつけていた。怒りを爆発させたら、父親のように我を忘れてしまいそうで恐ろしかった。

できることならアメリカを真っ二つにしたいくらいだ。

しかし、それではイグナティオス家のほかの男たちと同類になってしまう。

アナクスにはなりたいものがたくさんあったが、父親だけにはなりたくなかった。ところが、デルフィーヌはその願いをぶち壊してしまった。

彼は書類を自分の目で確かめ、何度となく読み返していた。だが、いくらそうしても赤ん坊のＤＮＡ鑑定の結果は変わらなかった。

「もう一度、妊娠している女性について教えてくれ」アナクスは座席の背にもたれながら言った。リラックスはできなかった。無理な相談だ。それでも平然としている演技ならできた。

そうするほかなかった。

ヴァシリキが兄に向かって〝何百回も話したのに〟と怒らなかったのは、妹もまた今回の一件に当惑している証拠だった。

「母親の名前はコンスタンス・ジョーンズで、生まれてからずっと同じ町に住んでいる。一族もみんなそうで、昔は農場を経営していたみたい。でも祖父が孫娘の生まれる前に農地をすべて売り払ったから、彼女自身は町で育っている。これらの情報はすべて、彼女がクリニックにかかったときのものよ」

アナクスが我が子の母親にふさわしくないと考えそうな相手をさがすため、デルフィーヌが不倫相手の医師を脅迫して目を通した情報も同じだろう。女性は、アナクスがこれまでつき合ってきた美女たちとは似ても似つかなかった。社会的地位もなく、裕福でもなかった。

デルフィーヌはおそらく、アナクスの子供が粗末な扱いをされるよう望んでいたのだろう。

「コンスタンス・ジョーンズは現在、三十歳で」ヴァシリキが続けた。「高校を卒業してから教会で働いている。十六歳のときに両親を亡くしてから祖父母と暮らしていたんだけど、祖父は彼女が二十五歳のときに亡くなり、祖母も一年ちょっと前に亡くなっている。独身で、結婚歴はなし。調べたところでは、男性とつき合ったとおぼしき形跡すら見あたらなかったわ」

「すばらしい」アナクスはつぶやいた。皮肉を言っているのかどうかは自分でもわからなかった。

「それとどうやら、彼女の妊娠は町でちょっとしたスキャンダルになっているようよ」

川と川に挟まれた町をめざして車が進んでいく中、アナクスはこのような土地で父親のわからない妊娠がどう受けとめられるかを想像してみた。彼の目には大した町には見えなかった。高速道路の近くにはガソリンスタンドがあり、建物がちらほらと立っている。給水塔だけが地平線を背景にしているおかげで見ばえがしていた。

ここにもクリスマスのイルミネーションがいたるところでまたたいていた。アナクスは今日がなんの日かずっと忘れていた。

ヴァシリキは携帯電話を眺めていた。「もう一台の車が女性の家に向かったんだけど、誰もいなかったそうよ。みんな、教会に行ってるらしいわ」

「最高だな」アナクスは苦々しげに言った。「母さんがいつも言っているように、僕が足を踏み入れたら教会が炎上するかもしれない。試してみようじゃないか」

妹が眉を上げたが、彼は無視した。小さな町には教会が一つしかなかった。隣には丸裸になった木々が生えた、かすかに不気味な古い墓地がある。二人はあっという間に目的地に到着した。

皮肉を言っている場合ではなかった。

SUV車から降りたアナクスは、風によってさらに厳しくなった寒気にさらされた。教会の中からはたくさんの人の元気のいい歌声が聞こえてきた。妹は寒さで頬を赤くしている。二人ともこのような天候には慣れていなかった。

ヴァシリキが行きましょうというようにうなずいたので、二人は教会の二枚扉まで歩いて中へ入った。

そこは明るく、燃えるように暑く、溶鉱炉を思わせた。外とあまりに温度差があるせいで、アナクスは自分が見ているものをなかなか理解できなかった。

小さな教会は満員だった。驚くほどの数の人々がぎゅうづめになっている。通路では子供たちが走りまわり、祭壇の近くにはなんとヤギがいた。

「ああ、だめだ！」正面にいる少年が叫んだ。

アナクスは目を細くして少年を見た。十歳にも満たないのにたっぷりとひげをたくわえ、ワンピースのような服を着ている。

「宿に空きはない！」少年が大仰な身ぶりで振り返り、アナクスは反射的にその視線の先を目で追いかけた。

そして凍りついた。

自分の見ているものがキリスト降誕の場面だと理

解したからだ。

その少年は明らかにマリアの夫ヨセフを演じていた。アナクスが次に目を向けたマリア役の女性は、少年の母親と言ってもじゅうぶんな年齢だっただけでなく、実際に妊娠していた。

そのおなかは大きく、重そうで、本当に身ごもっているとしか思えなかった。

おかげで想像していたよりもはるかに愛らしく、輝くように美しい女性だと気づくのが遅れた。

女性のおなかは、クリニックのカルテに書かれていた日時に人工授精を受けたとしか考えられない大きさをしていた。ひょっとしたら、演じている役と同じく天使から受胎告知を受けたのかもしれないが。

いや、ありえない話だ。

ほとんどの地図に載っていない、この小さな町に大きなおなかをした妊婦が二人もいるとは考えにくい。

つまり、すべては現実に起こったことだったのだ。

デルフィーヌはアナクスへの復讐《ふくしゅう》を、まもなく彼の赤ん坊が生まれるという形で実行した。どう見ても、彼女は出産間近に違いない。

クリスマスイブに、アメリカ中西部にある教会の中に作られた馬小屋で、キリストの母マリアを演じている女性こそ、アナクスが会いに来たコンスタンス・ジョーンズその人だった。

彼女は今にもアナクスの子供を産み落としそうに見えた。ヤギのかたわら、干し草の上で。

アナクスにとっては許しがたいことだった。たとえ、それがクリスマスイブの降誕劇であっても我慢ならなかった。

なぜなら、彼はまずコンスタンス・ジョーンズと結婚するつもりだったからだ。

2

自分の好きにしていいなら、コンスタンス・ジョーンズは妊娠した大きなおなかをハルバーグの人々に絶対に披露しなかった。教会の降誕劇でめだつのもいやだった。人々はすでにじゅうぶん彼女の噂《うわさ》をしていたから。

降誕劇への参加はコンスタンスの考えではなかった。数日前にクリスマス休暇が始まるまで、彼女は教会の保育園で保育士をしていた。何年も続けていた仕事で、子供たちからも好かれていた。今年コンスタンスのおなかが大きくなり、妊娠を隠しきれなくなると、子供たちは降誕劇のマリア役にぴったりだと勝手に決めた。そして両親に働きかけた結果、彼女は引き受けざるをえなくなってしまったのだ。どうしてノーと言えるだろう？

本当は断るべきだったのかもしれなくても、コンスタンスには断れなかった。

いずれにせよ、聖母マリアを演じているコンスタンスは出産予定日が近い本物のバージンだった。あまりにもばかげているが本当なので、彼女は心の中で何度もその言葉を繰り返していた。祖母が亡くなり、遺言でコンタンスにお金を遺《のこ》して以来、彼女は町の噂の的だった。コンスタンスが遺産の使い道を明らかにしたとたん、噂はさらに過熱した。

今夜の教会は神聖とはとても言えない温度にもかかわらず、コンスタンスはおごそかな雰囲気を出そうと満面に笑みを浮かべていた。羊飼い、宿屋の人々、それに天使に扮《ふん》した子供たちもみんな汗をかいている。マリア役の彼女としては汗で光っているのではなく、神々しく見えているよう願うしかなかった。

けれどゴス家の人々がいつものごとく最前列に座っていて、その中にいる気むずかしいブラント・ゴスと目を合わせながら演技をするのは大変だった。ブラントは自分をハルバーグの非公式な町長だと公言している男性だった。コンスタンスはそれがブラントと、彼の妻であり公式の町長であるマーリーンとの間に争いが耐えない理由に違いないと思っていた。

ブラントの正式な肩書きは、食料品を扱う小さな店の経営者だった。人々は少し離れた大きな町へ買い物に行く合間に、彼の店で必要なものを買う。また店は人々がコーヒーを飲みに来る憩いの場でもあり、ブラントはそこでコンスタンスの計画や選択を認めないとはっきり言ったのだった。

ブラントは私に恥をかかせたかったのだろう、とコンスタンスは思った。しかし、実際は祖母を恋しく思う気持ちが強くなっただけだった。ドロシー・ジョーンズは生きている間じゅう、自分以外の人の意見を一顧だにしなかった。コンスタンスはそんな祖母のやり方を手本にしていた。

特にこの九カ月はそうだった。

今、コンスタンスの体の内側では重苦しい緊張がふくらんでいた。すっかり慣れ親しんでいるはずの赤ん坊を抱くという行為にも大きな意味があるように思えるのは、もうすぐ子供が生まれてくるからだろうか。

つまり、もはや世間体を気にするには遅すぎた。

それでも本音を言うと、コンスタンスは世間体を気にしていた。理由は、今夜演じている役柄に感情移入せずにいられなかったからだった。

ありがたいことに、私は馬小屋で寝なくてもいい。さっきからヤギが飼い葉桶《おけ》ではなくベッドがいいなんで気取った女だ、という目で見ているけれど気にするまい。

幸運にも、コンスタンスは父親がずっと前にローンを払いおえた小さな家に住んでいた。その贈り物はどんな乳香や没薬よりもずっと価値があった。彼女はずっとこの小さな町で暮らしていて、家族も教会の隣にある墓地で眠っているが、祖母だけは違った。生前から一人が好きだった祖母は死後も同じがいいと宣言し、別の墓地に埋葬されている。

今夜教会にいる人々は全員、コンスタンスの生い立ちも祖母の遺言も知っていた。友人たちはコンスタンスとともに成長し、一緒に学校に通い、子供たちを彼女に託していた。

降誕劇は続いていた。小さなトミー・ヴァンダーバーグは、宿屋の主人役をアドリブでこなしている。相手はトミーの兄エイモスなので、喜んで弟につき合っているようだ。

コンスタンスはブラント・ゴスを見るのをやめた。彼女はブラントよりも祖母の人となりを知っていたし、祖母が彼をどう思っていたかも聞いていた。ドロシー・ジョーンズは言葉を濁す人ではなかった。ブラントの生涯を見てきた祖母は、彼をばかだと言っていた。ブラントは祖母をやさしい人だったと思っているけれど。

コンスタンスは足を動かし、腰を楽にするために座れたらと思った。ブラントは、母親になりたいというコンスタンスの願いを町の半分の人たちに伝えた。〝恥ずべきことだ〟彼は耳を傾ける人みんなにそう訴え、最終的には彼女にも面と向かって言った。〝コンスタンス、家族を持つ方法はいろいろある。だが、オハイオのクリニックに行くのは違う〟

コンスタンスはこう言い返したかった。〝じゃあ、あなたはどうすればよかったと思っているの？ デモインまでドライブして、バーをはしごして酔っぱららい、男性を誘ってベッドへ行けばよかったの?〞けれど、コンスタンスはそういう行動を選ばなかった。噂によると、ブラントの娘が最初の子を授かった事情と同じだったからだ。

残念ながら、コンスタンスは祖母の愉快かつ鋭い舌鋒《ぜっぽう》を受け継いでいなかった。だから、ブラントにはほほえんで穏やかに言った。〝誰もがあなたやマーリーンほど幸運ってわけじゃないから。あなたたちには六人も子供がいるけれど〞

ブラントが納得しなかったのはおそらく六人の子供が全員、高校卒業後にこの町からもアイオワ州からも出ていったからだろう。

子供たちの選択はブラントの子育ての失敗の表れだ、と言いたかったものの、コンスタンスはつつしみ深く口をつぐんでいた。

人工授精を受ける前も妊娠している間も、コンスタンスはつつしみ深く口をつぐみつづけた。ほぼ一年かけて、彼女は自分が住んでいる町の人々についてなにも知らなかったという事実を受け入れた。ずっとこの町で暮らしてきたのだから、よく知っていると思っていたのに。

それでも過ちを犯したとみなされた人がどんな目にあわされるのか、コンスタンスは見たことがなかった。これまでは過ちとは無縁だった。十代のときに事故で両親を亡くして以来、祖父母のもとでひっそりと生きてきた。町の人々はそんな彼女を老婦人のように扱っていた。

だから、彼らはコンスタンスを若い女性だと認めたがらなかったのだろう。妊娠するまで、彼女はそのことをじゅうぶんに理解していなかった。

コンスタンスは自分の人生が嫌いではなかった。それどころか満足していた。保育士の給料があまり高くなくても、文句はなかった。祖母が長年にわたっていろいろ知恵を授けてくれたからだ。その多くはいかに節約するか、いかに上手にやりくりするか、いかに賢い買い物をするかだった。

自分はいつまでもそういう暮らしを楽しめる、とコンスタンスは信じていた。けれど祖母が亡くなると、彼女は一人ぼっちになってしまった。

私の家は幽霊でいっぱいだ、とコンスタンスは思った。亡くなった家族のことは深く愛している。でも壁の写真に毎日語りかけたり、思い出にひたったりしても現実は変わらない。私は家族の中の唯一の生き残りだ。

母親のおなかの中にいたころからハルバーグに住んでいたので、町の男性は全員知っていた。その中から一人を選んで身を固めるのはいい考えだった。しかし問題は、誰とも今以上に親しくなりたいとはみじんも思わなかったことだった。

えり好みをしているわけではなかった。コンスタンスも理想の相手を見つけて、ほかの人と同じように幸せに暮らしたいと夢見ていた。けれど基本的に、運命を感じる相手としか結婚するべきではないとも考えていた。礼儀正しい関心だけでは、一生をともにするには足りない。

コンスタンスはそう信じていた。

ブラントとその取り巻きがそんなコンスタンスの願いを笑い物にしているのは知っていた。彼らはコンスタンスが気取っているから地元の男たちには見向きもせず、せっせとクリニックに通っているのだと決めつけていた。

〝いい子だったのに〟ある日、ブラントがそう言うのをコンスタンスは耳にした。そのとき彼は教会の拝廊にいて、コンスタンスは奥にいた。だから気づかなかったのだろう。ひょっとしたら気づいていたから聞かせたのかもしれない。〝なのにドロシーの金をもらって、頭の中がお花畑になっちまったんだ〟

ブラントの言葉はじゅうぶんひどかった。だがもっとひどかったのは、彼の言葉に周囲の人々が同意したことだった。

みんながみんな、自分の妊娠を大々的に祝ってくれると思っていたわけではない。けれど、今は一九五〇年代とは違うのだ。生まれてこのかた私がデートをした経験がないのは、男性の頬を平手打ちしたからでも気取っていたからでもなかった。

誰も私を誘わなかったからだ。

誘ってくれていたなら、ふさわしい男性を見つけられたかもしれないのに。

とはいえ自分の願いは変えられず、コンスタンスは家族を求めていた。幽霊ではなく、血の通った生きている家族を。だから祖母の遺産で赤ん坊を持とうと考えた。

思ったより手続きは簡単だったので、祖母も認めてくれているのだと思った。

学生時代の親友の一人は助産師だった。コンスタンスはもし仕事中に陣痛がきても、助産師のアリッサが助けてくれると思っていた。多くの人々はコンスタンスを高慢な女だとけなしていたが、彼女には友人が何人もいた。彼女たちはコンスタンスを支え、気づかってくれた。コンスタンスが誰の意見も聞かずに子供を産むと決めたときも、ただ応援してくれた。

〝私も同じことをすればよかったわ〟夫マイクのことを、いつも自分が産んだ子供の一人みたいに話す友人のケリーが言った。〝そのほうが賢い方法だもの。長い目で見れば楽だしね〟

コンスタンスは子供たちに目をやった。降誕劇はハルバーグの子供たちが輝ける場だった。希望すれば役をもらえるので、みんな喜んだ。

クリスマスはそうでなくてはいけない。彼女はいつか我が子にも降誕劇に参加してもらいたかった。

「今夜だけはやめてね」羊役のアリー・マーティンゲイルが《きよしこの夜》を歌う中で、コンスタンスはつぶやいた。そしてトミーとともに飼い葉桶の後ろへ行き、干し草の上に座った。コンスタンスが安堵《あんど》のため息をこらえていると、トミーが立ちあがった。

腰への負担が少し軽くなった彼女は、歌に耳を傾けながらここまでがんばった自分を祝福した。

どれだけ妊娠を非難されても、コンスタンスは目標を見失わなかった。彼女は子供を産んで、家族を作るつもりだった。ブラントのような人たちはすぐにコンスタンスが己の愚かさを思い知るはずだと決めつけているので、二人目も考えているとは言わなかった。大家族の一員になるのも彼女の夢だった。

たしかに肉体的には大変だった。体型の変化は予想どおりだったり、予想以上だったりした。そのたび、コンスタンスはすばらしいことなのだと自分に言い聞かせた。それでも自身を母性の化身とか、妊婦の代表とかとは思わなかった。妊娠中ほど幸せで気分がいい期間はなかったと言う女性に会ったことはあったけれど、彼女はそうではなかった。

とはいえ、正しい行いをしているとは信じていた。まだ生まれてもいないうちから、すでに赤ん坊のことはなによりも愛していた。陣痛については不安もあったものの、娘に会えると思うと楽しみでしかたなかった。

小さくて愛らしい娘には、私が母や祖母から教わった知識を残らず伝えよう。その子が私を母親にし、二人を家族にしてくれるのだ。

我が子のことを考えたコンスタンスは至福の笑みを浮かべ、教会にあふれている人々を眺めた。子供たちによる降誕劇はいつもおおぜいの観客を集めるため、目の前には友人や隣人のほとんどがいた。その光景はこれから生まれる赤ん坊への贈り物に思えた。

「この世界へようこそ、お嬢さん」彼女は小さな声でささやいた。「美しいあなたを見るのが待ちきれないわ」

その瞬間、コンスタンスは今までに経験のない胸の痛みを覚え、急にこの瞬間を誰かと共有できたらと思った。ありえない話だけれど、おなかの子の父親と……。声を張りあげる子供たちや我が子を誇らしげに見守る両親がいる中で、彼と見つめ合えたらどんなにすばらしいか。今夜のこの降誕劇で、もうすぐ生まれてくる子供がひそかにキリスト役を務めているという考えをどれほど分かち合いたいか。

これは神のお告げだわ、と私は彼に言うだろう。

すると彼が、僕たちの娘にはいいことしか起こらないというお告げだな、と応える。

現実味が増していくのをとめられなかった。コンスタンスはどんどん空想に夢中になっていき……。

考える力を完全に失ったと思った。

教会の奥に一人の男性が立っているのを見たコンスタンスは、全身が歌っているような錯覚に陥った。あの人こそが運命の男性だわ！

ばかげた妄想だった。

男性はまっすぐこちらを見つめていたが、コンスタンスには理由がわからなかった。頭がくらくらし、体がだるく、今は妊娠中なので避けているけれど大好きなカルーアコーヒーを飲みすぎたときみたいな気分だ。あの男性はきっと外からやってきたこの町の誰かの親戚なのよ、と彼女は自分に厳しく言い聞かせた。休暇でハルバーグに来ているのだろう。

とはいえ誰の親戚なのかは、どうしても思いつかなかった。

年老いたサリー・ハワードはイリノイ州ガリーナで不動産業を営む息子の話をいつもするが、小さな町の不動産業者があの男性のような目で教会を見まわすとはなんとなく思えなかった。同様にディルク・ブラウンの長い間行方不明になっている息子、海岸沿いの大都市スプレンドールへ行ったという悪名高いジャレッド・ブラウンが、あんな派手な服装で戻ってきたとも考えられなかった。

コンスタンスには、あの男性が着ている服のどこが派手に見えるのかわからなかった。あの豪奢《ごうしゃ》な黒のコートと、彼の着こなし方のせいなのかもしれない。ほかの人なら着ぶくれして見えそうなのに、男性はすっきりして見えた。

あれほど背が高く肩幅が広いなら、そんな印象は受けないはずなのに。

男性の髪はコートと同じくらい真っ黒で、強烈な眼光を放つ瞳の色はけぶるようなグレーだった。その特徴的な顔をよく見ようと、彼女は目を凝らした。頬骨は高く、高慢に見えてもおかしくないが、顎がボクサーみたいにがっしりしていた。ほかの人だったら好戦的だと思ったかもしれない。しかしあの男性だと裕福そうに、人を魅了せずにはおかない顔に思えた。

アイオワの田舎町に住む女が毎日お目にかかれる男性じゃない。

しばらくしてコンスタンスは、自分の中でざわめいている新しい感覚がおなかの子とはなんの関係もないことに気づいた。原因はあの男性の官能的な唇だった。男性はその唇を引き結び、彼女を見つめ返していた。

男性の隣には張りつめた表情をした女性がいた。彼女も背が高く、痩せていた。男性よりは小柄だが、とてもおしゃれな人だ。やはり裕福そうでもあり、明らかに男性とお似合いだったものの、二人はとてもよく似ていた。女性の髪も同じ漆黒で、頭の上で複雑かつ自然な形にまとめられている。それに男性に負けないくらいはっきりとした顔立ちをしていて、美人とは言えないが人目を引いた。

コンスタンスは二人をどこかの家の放蕩息子《ほうとう》と放蕩娘だと思いこもうとしたけれど、そんな人たちがいたらきっとすぐにわかったはずだった。理由がない人はハルバーグを訪れない。この町は偶然通りかかる場所でも、どこかに行く途中にある場所でもない。そこがいいところだとコンスタンスは思っていた。つまり訪れるよりも離れるほうが簡単な土地なので、あの二人は本当に来たいと思ったから来たということになる。

私は好むと好まざるとにかかわらず、ハルバーグに深く根を下ろしているけれど。

気づくと、コンスタンスは教会の後方にいる二人をこっそり見つめつづけていた。なぜクリスマスイブにここへ？　特に今夜は、雪が降るという予報が出るくらい寒い日なのに。

三賢者役の子供たちが自分たちの出番を終えていた。そこでコンスタンスは飼い葉桶に手を伸ばし、中に隠していた人形を引っぱり出すと、ついに待ちわびていた言葉を口にした。

「生まれました」

人々がいっせいに祝福の声をあげ、《もろびとこぞりて》を歌い出した。

突然、コンスタンスは自分の子供を出産することにいっそう興味がわいた。できるだけ早く産みたかった。なぜなら……違和感を覚えていたからだ。どこもかしこもなにかがおかしい。

歌が続く中で、コンスタンスは今夜をどう過ごそうか考えた。家に帰ったらスクワットをしよう。必要になるかもしれないと思って買っておいたエクササイズボールの上で体を揺らして、出産を早められないか試してみるのもいいかもしれない。

歌が終わり、人々が帰り支度を始めても、コンスタンスは立ちあがろうとしなかった。妊娠しているのだから用心する必要があるのだと自分に言い聞かせたものの、本当の理由は人々の反応が気になってしかたなかったからだった。自身も噂話に興味があったせいで、友人や隣人がいくら自分の話題を口にしても本気で責められなかった。こういう場所での噂話は近所づき合いとみなされる。それがハルバーグの人々の情報を伝え合う方法だった。

祖母はいつも言っていた。地球上でなにが起こっているのかを知るのも重要だが、同じくらい近所で起こっていることも把握しておかなくてはいけない、と。

そう言い訳しながら、コンスタンスはあの男性と彼の妹と思われる女性を鷹《たか》のような目で観察し、二人が誰とかかわりがあるのか確かめようとした。

ほかの人々も自分たちの中に知らない人たちがいるのに気づいて、すでに騒ぎはじめていた。教会の中央にある通路を人の流れに逆らって進んでいく二人を見ていたのは、彼女一人ではなかった。まるで降誕劇をもっと近くで見たいというようだ。

でもそんなことをする理由はない、とコンスタンスは思った。その時点で、舞台にいるのは彼女だけだった。子供たちは全員、自分の家族が見ていたかどうか確認するために駆け出していた。

二人が飼い葉桶とコンスタンスの前までやってきたとき、彼女は息をのんで立ちあがりたい衝動に駆られた。または片方の脚を後ろに引き、もう一方の脚を曲げておじぎをしたくなった。でもそんなおじぎはテレビでしか見たことがないし、そういう挨拶をする生活もしていない。くだらないことを考えている自分がばかばかしくて、コンスタンスは顔を赤くした。

女性はまるでコンスタンスの欠点をさぐり出そうとするかのように、批判的な目を向けていた。欠点ならたくさんあると自覚していたものの、コンスタンスは出産間近の女性なら気にするわけがないと思っていた。しかし女性の恐ろしい視線にさらされて、自分が間違っていたのに気づいた。

とはいえ、コンスタンスの視線は男性のほうに釘《くぎ》づけになっていた。

全身で彼に夢中だった。

ただ目の前にいるだけの男性に、心を激しく揺さぶられていた。

男性は……教会全体の空気を震わせているかのように思えた。コンスタンスの体も震えていたうえ、ほかの人々も影響を受けているのがわかった。まるで男性こそがクリスマスの主役みたいだ。

彼の視線は妹らしき女性に劣らず批判的だったが、そこにはまた別のなにかもあった。あれは不思議がっている？　それとも好奇心を抱いているの？

どちらにしても、人々から老婦人と同じ扱いを受けている保育士のコンスタンス・ジョーンズが、男性にされたことのある反応ではなかった。

たいていの男性はコンスタンスに、自分たちの祖母に対するような態度をとった。古くさく時代遅れだと思っているのを隠さなかった。

この人は違う。

彼女の唇が無意識のうちに開いた。なにか言いたかったのか、それともあきれていたのか、ひょっとしたら男性の圧倒的な威圧感に気圧《けお》されていたのかは自分でもわからなかった。

けれど彼の全身から発散される力強さを、コンスタンスは手で触れられるほどはっきりと感じ取っていた。

普通じゃない。

それはこの男性が普通じゃないせいだ。

間近で見ると彼はさらに魅力的だったけれど、コンスタンスの気持ちは楽にならなかった。そういう男性には惹《ひ》かれずにいられないものだ。以前の彼女はそんなふうに思わなかった。魅力的な男性は苦手だった。ほとんどの男性は男らしさを過剰に誇示したがる。ところがこの男性は、立っているだけでコンスタンスをぼうっとさせていた。

信じられない。煙と同じ色の瞳を持つ人なんているのかしら？　それにまつげもとても長くて――。

「君がコンスタンス・ジョーンズだね？」男性が尋ねた。

彼女の胸に安堵とともに新たな悩みが生まれた。ほっとしたのは、表情にもありありと出ているに違いない愚かなもの思いをやめられたからだ。困ったのは、彼の声を聞いていっそう心が乱れたからだった。

相手の声はひどくざらついていて、外国語のアクセントがまじっていた。名前を呼ばれて、コンスタンスの胸の奥のざわめきがいっそう存在感を増した。

「私は……」彼女は亡くなった祖母の名前を名乗るつもりで口を開いたものの、男性をだますのはよくない気がした。必要ない咳《せき》ばらいをして続ける。

「ええ、私がコンスタンス・ジョーンズです」

コンスタンスは男性のほほえみに対する心の準備ができていなかった。ほほえみとはとても呼べないその表情はやさしくもなく、うれしそうでもなかった。しかし両端が上がっている彼の唇は官能的でおごそかですらあった。輝きを放つ煙と同じ色の瞳はうっとりするほど魅惑的で、彼女の体の隅々までを奇妙な感覚で満たした。

「会えてよかった」だが男性の口調から、よかったなどとかけらも思っていないのが伝わってきた。コンスタンスはともかく、彼のほうは。「僕はアナクス・イグナティオス。君の子供の父親だ」

3

アナクスのものである女性――子供の母親であり、先ほどまで聖母マリアだった女性が、幽霊でも見るような目を彼に向けた。まるでアナクスが本当に自分の前にいるのか確信が持てないような目を。

「父親……?」女性が繰り返した。そう言ってから言葉の意味を理解したらしい。彼女が目を見開き、口をあんぐり開けた。

アナクスは途方もない怒りとともにこの場所にいた。スタヴロスから信じられない報告を受けた彼はアテネのオフィスを発《た》ち、アメリカ人が中西部と呼ぶところにある小さな教会へ向かった。自分の目で真実を確かめたくてたまらなかった。

そうすれば問題が解決すると思っていたのかもしれない。当然の反応だ。

しかしどういうわけか、子供を身ごもった女性についてはなにも考えていなかった。彼女の情報は得ていた。妹にしつこく伝えられたから、なんの苦労もなく身体的特徴は思い出せた。中肉中背で、髪と瞳の色は茶色。

すべて本当だったが、どれもまったく女性の説明にはなっていなかった。

理由は、アナクスが特殊な怒りに燃えつつ海を越えてきたせいだろう。海を越えること自体は初めてではない。だが、感情に駆られてそうした覚えはなかった。彼は感情など知らないふりをするのを好んだ。怒りは男性の感情の主要な部分を占めており、彼もじゅうぶん持ち合わせていた。そうでない男性には会ったことがなかった。

だからといって、怒りに任せて行動したりはしない。もはや思春期は終わったのだから。

教会にいるにもかかわらず、アナクスは母親が長年予言していた炎に包まれてはいなかった。結局のところ、僕はそれほど不敬な人間ではないらしい。早く母に教えてやりたい。

ところが騒がしい子供たちや好奇心旺盛な観客でごった返しているこの教会で、アナクスはなぜか……動くことができなかった。

意味がわからない。

それに、このコンスタンス・ジョーンズという女性も意味がわからなかった。彼女は聖母マリアを表す青いマントのフードを頭から下ろしていた。髪はたしかに茶色だが、よく見れば深みのある濃い褐色で、カールしているようだ。だが今はゆるく編み、片方の肩に垂らしてあるのでよくわからない。瞳も茶色だが魅惑的な色合いで、虹彩《こうさい》の端はオニキス色をしている。

またた。情け容赦のない現実主義者として恐れられているのに、また妄想にふけってしまった。

アナクスは妊娠にも妊婦にも特別な注意を払ったことがなかった。だが、目の前の女性は彼の子を身ごもっていた。それなら話は変わってくる。だから、僕は彼女を意識しつづけているのだろう。

アナクスはコンスタンスに触れてみたかった。その大きなおなかを手でなぞりたかった。二人の間の距離を縮め、自分の子供がいるとわかっているあのまるいふくらみに口づけしたい。

明らかに正気の沙汰ではないし、不適切な行為だ。彼女は僕の子を身ごもっているのかもしれないが、僕を知らない。もちろん、僕も彼女を知らない。

突きつけられた現実に、アナクスは頭を蹴られた気分だった。

「いいかしら」妹が彼の隣から氷のような声で言った。「私たちだけで話せる場所がどこかにない？」

「ああ」コンスタンスがあわてた声で言った。あれは演技だろうか、とアナクスは思った。だが、僕は彼女の妊娠をすでに知っている。だから今夜、不意打ちを仕掛けた。「ええ、あるわ。ごめんなさい、私、ちょっと――」

「驚いたんだね」アナクスはうなずいた。兄らしくないなごやかな口調に、ヴァシリキがぱっと振り向いたのは無視した。

「なにがどうなってるの?」妹が笑った。

予想外の反応だった。

すべての窓にろうそくの明かりが反射する中、薄暗い教会内の喧噪《けんそう》は相変わらずだった。聖歌隊の歌声はなく、礼拝も終わっていた。

ヴァシリキが笑うとは思わなかったから驚いただけだ、と彼は結論づけた。

ようやく自分がどこにいるのか思い出したのか、コンスタンスがまばたきをした。おなかに手をあて、飼い葉桶《おけ》の後ろから移動し、中央の通路に向かって歩きはじめる。その足取りは少しおぼつかなかった。

アナクスは奇妙な気持ちにとらわれていた。彼の目はコンスタンスの驚くべき女らしさに釘《くぎ》づけだった。新しい命を宿した彼女はまさに女性としての頂点を極めていた。

たしかに女らしい女性は好きだが、妊娠している女性を魅力的だと思ったのは初めてだ。

僕はどうしてしまったのだろう?

妹がアナクスに向ける視線は、彼女にもわからないと訴えていた。

「兄さん、大丈夫?」ヴァシリキが少し鋭い声で尋ねた。ギリシア語だったのは、教会内にいる人々に自分たちが誰なのか気づかれるのを恐れてのことだろう。ここまで歩いてくるときに通り過ぎた人々の表情から、そうなる可能性は否定できなかった。

「いつもの兄さんらしくないけど」

「当然じゃないか」アナクスは妹をもっともいらだたせる、かすかに見下した口調で言い返した。「これが僕たちの今の状況なんだから。どういう態度をとってもおかしくない」

ヴァシリキは兄の挑発にのらず、眉をひそめただけだった。「兄さんは今の状況にとてもうまく対応してる。でも、顎だけはどうにかしたほうがいいと思うわ。顎に力を入れすぎてるから、このままだと五分以内に歯が一本残らず折れてしまいそうで心配だもの」

「なんのことを言ってるのかわからないな」

それでも、アナクスは顎の力をゆるめた。ほかにもなにかしていたかもしれないが、ヴァシリキがなにも言わなかったので安堵《あんど》していた。会ったことのない女性を、僕は少し見つめすぎていた。コンスタンスと僕は決して対等ではない。自分はいわば雲の上の存在であり、彼女は聞いたこともない小さな町の住人だ。その厳然たる事実を忘れてはならない。

僕の子を妊娠しているとはいえ、コンスタンスが悪いわけではない。だが、それは僕も同じだ。

そのときアナクスの心の中で、鉄の門の重い掛け金がはまったようなかちりという音がした。

コンスタンスは人々にかまわず、教会の奥に向かって歩いていた。アナクスは後ろをついていきながら、彼女のために左右に分かれていく人々にかすかな驚きを覚えた。コンスタンスは断りの言葉すら口にしておらず、この女性についてなにか見落としている気がした。

アナクスとヴァシリキが案内されたのは、狭くて風通しの悪い部屋だった。コンスタンスが明かりをつけると、そこは教室だった。高さが脛《すね》までしかないおもちゃのように小さな机から察するに、かなり幼い子供たちのための教室らしい。

コンスタンスが申し訳なさそうにほほえみ、まるで初めて見るというふうに部屋を見まわした。「ここで子供たちにいろいろ教えているの。座ってもらいたいところだけど、椅子は小さいから……」

彼女は最後まで言わなかった。

どうして最後まで言ってほしいと思ったのか、アナクスは説明できなかった。「小さいから？」

ヴァシリキがまた鋭い視線を兄に投げかけた。

「これからするのはデリケートな話なの」いつものようにきびきびとした口調で切り出す。「どこからどう見てもね」

そして妹は待った。しかし、コンスタンスは予想された行動をとらなかった。アナクスをじっと見つめもせず、妊娠を謝る言葉も口にしなかったのだ。視線を向けるくらいはしていたが、彼が誰なのか気づいているとしても見事に隠していた。

目の前にいるこの保育士がデルフィーヌの悪だくみを知っている確率は限りなく低そうだ。

「兄は二週間前にあなたの存在を知ったばかりなの」ヴァシリキの言い方には、まだ告訴はしていないがいつしてもかまわないという響きがあった。

コンスタンスが頭を振った。彼女の頬は暑かった礼拝堂にいたときのように紅潮していた。両手はまるみのある体の両脇にあって、まるでおなかをかかえているみたいだ。「でも、どうして私の存在を知っているの？　すべての情報は非公開だと聞いていたのに。でないと、精子提供を受けて妊娠する意味がないでしょう？」

「君の担当医は医師免許を剥奪《はくだつ》された」アナクスは口を挟んだ。「彼は執念深い女に脅迫されて、クリニックにはない精子を人工授精に使ったんだ」

彼は自分の言葉をコンスタンスが理解するのを待った。彼女は無言でまばたきをし、両手を大きなおなかの上で組むと、先ほどとは違う震え方をした。マントを後ろにやっているので、その下にごく平凡シャツとズボンを身につけているのがわかる。今は聖母マリアにはとても見えなかった。

やはり彼女は魅惑的などではなかった、とアナクスは自分に言い聞かせたが、目をそらすことはできなかった。

「その女性はどこかから精子を盗んできたの?」

彼の心が重く、より冷たくなった。「たしかに、彼女は盗みを働いた」

「なぜ? どんな理由があったの?」

「長く不愉快な話なんだ」アナクスは髪をかきあげ、そんな自分を不思議に思った。僕はそわそわしたりしない男なのに。彼は手を下ろした。「彼女が盗みを働いたのは間違いない。そして、どうやらその結果、子供が生まれようとしている。僕が君の妊娠周期を見誤っていないなら、だが」

あんなにおなかが大きかったら、出産予定日は目前に決まっている。

「あなたの言うとおりよ」コンスタンスがうなずいた。「子供はもうすぐ生まれるわ」彼女が頭を振った。「話を整理させて。あなたがここに来たのは、赤ちゃんを身ごもった私を祝福するためではないんでしょう?」

「僕に子供を持つつもりはなかった」アナクスはコンスタンスの視線を受けとめ、まっすぐに見つめ返した。「興味がなかったんだ。僕の遺伝子の性質を考えると、子孫に受け継がれていいとは思えなかったんでね」

コンスタンスが息を吐き出した。「まあ、そうなの。その答えはいずれわかると思うわ」

ほかの状況だったら、アナクスはコンスタンスに皮肉を言われていると思っただろう。少なくとも挑発されていると。彼女はなにも知らない田舎者のふりをしているのか?

だがこの女性は目を見開き、本当になにも知らないようすで、アナクスに畏怖の念を抱いているとしか思えなかった。畏怖の念を抱かれることはよくあったが、彼女がアナクスに向ける目はまるでこれまで知らなかった星座でも見ているみたいだった。僕をすてきだと思っているらしいが、個人的な関心はなさそうだ。それなら気にする必要はない。

ところが、アナクスは気にしていた。それがいらだたしかった。というより、どう受けとめていいのかわからなかった。女性たちが自分の関心を引こうと躍起になるのには慣れていた。しかし自分の注目を一身に浴びておきながら、その注目から逃れたがっている女性には慣れていなかった。

こみあげる奇妙な感情が当惑だと理解するには、しばらくかかった。

過去に経験があるとは思えない感情だ。

「あなた、兄の噂《うわさ》を知らないみたいね」ヴァシリキが口を開いた。妹はけだるそうにドアにもたれかかっているが、もし誰かが入ってくれば迅速に対処してくれるだろうとアナクスは信じて疑わなかった。

「それに、兄が誰なのかにも気づいていない」

コンスタンスがさらに目を見開いて彼のほうを向いた。「知っているべきなの？」

きょうだいはすでに、デルフィーヌが無作為に人工授精をさせる女性を選んだのかどうかについて話し合っていた。デルフィーヌはなんの罪もない女性をだましたのかもしれない。あるいは、報酬を餌に強欲な女性を仲間に引き入れたのか？　そちらのほうがありうる話だ。

今夜の出来事についてはヴァシリキとあとで話し合う必要がありそうだったが、アナクスは直感的に確信していた。この女性はなにも知らないふりをしているわけではない。

本当になにも知らないのだ。

コンスタンスは僕の噂を知らず、僕が誰なのかにも気づいていない。あくまでも子供が欲しくてクリニックに行き、その結果僕の子を身ごもった。

どういうわけか、アナクスは安堵を覚えていた。おかげで怒りはかなり静まっていた。怒りに身を任せるとは冷静でいられなくなるが、今は自制心を働かせることがなにより大事に思えた。だからヴァシリキほど神経質にはならず、一歩引いて状況を見守っていた。

また自分をこんな土地へ来るまで追いこんだ、胸の奥の暗く煮えたぎる感情をふたたび封じることができた事実にも、深い安堵を覚えていた。コンスタンスは僕が怒りを爆発させるほどのなにかをしたわけではない。その点はとても重要だ。

「あなたは私と関係がある人なのかしら？」コンスタンスが、まるですぐにでも解かなければならない謎だというようにアナクスの顔をのぞきこんだ。

「僕は有名人なんだ」鼻を鳴らした妹は無視して、アナクスは答えた。「どういう子供であっても僕の子供は保護されなければならない。わかるかい？」

「いいえ、あまり」コンスタンスがほほえんだ。

さっきまで教会で振りまいていた笑顔とは違っていた。温かみはあるが疲れもにじんでいて、アナクスはなにかしたくなった。その反応も好きになれなかったが、彼女から目をそらすことはできなかった。

「今日は長い一日だったわ。このところずっと忙しくて、私、睡眠不足なの。あなたたちみたいにスタイルのいい人たちは妊娠中の体型の変化についてよく知らないだろうけど、とても大変なのよ。人からは幸せな時期だと言われるし、実際そうなんだろうけど、だんだん眠れなくなるうえに体も自分だけのものではなくなる。全身が重くだるくなっていって、最後には陣痛が待ちかまえているの。だから私にとっては、あなたたちがなにを話そうと陣痛がきたら全部どうでもいいわ」

アナクスは生まれてこのかた、妊娠について学んだことは一度もなかった。ましてや目の前にいる女性から陣痛の話を聞かされた過去など、あるはずもなかった。

その瞬間彼は、血縁関係のない女性からここまで遠慮なく言葉をぶつけられた覚えがないのに気づいた。

相手を不愉快に思って当然だった。

だが……アナクスはそう思っていなかった。

「クリニックで君がなにを言われたのかは知らない」彼は話題を変えた。「クリニック側は多くの書類にサインし、君もそうしたんだろうが、その書類は間違った前提に基づいている。僕はなにも許可していない。だから、君と僕はおかしな立場に置かれているんだ。君を非難しているわけじゃない。君はなにも悪くない。しかし、君が産もうとしているのは僕の子だ。そんな事態は見過ごせない」

コンスタンスが円を描くようにおなかをさすった。

「わかるわ」

「その子をどうやって育てていくのか、君にはすでに計画があるんだろうね？」アナクスはできるだけ友好的に、威圧的でない口調で続けた。「今夜がクリスマスイブだからじゃないが、僕はできる限り力になるつもりだ。その子ができるだけ楽に暮らせるようにしたい」

「まあ」そう言って彼女が長いため息をつき、手を小さな背中にあてた。「それはご親切にどうも。でも私、必要なものは全部持っていると思うの」

しばらくの間、全員が顔を見合わせた。ドアの外ではどこからともなくクリスマスキャロルを歌う声が響き、会話や笑い声、走りまわる子供たちの足音が聞こえた。

誰も微動だにしなかった。

「兄はあなたに、おむつやベビーシッターを用意すると言ってるんじゃないのよ」ヴァシリキがようやく鋭い声をあげた。「兄は天文学的に裕福な人なの。指を鳴らすだけで、養育係《ナニー》や小児の専門医が何人もあなたのために働くようにできるわ」

コンスタンスがアナクスの指に目をやって顔をしかめた。「私には助産師も友達もいるわ。だから必要ない」

ヴァシリキがじれたような声をもらした。「あなたは自分の立場を理解していないようね。あなたが産もうとしている子供は、兄が生涯をかけて築きあげたすべてを受け継ぐ唯一の相続人となる。その子は兄の巨大な企業帝国を継承すると決まっているのよ」

「それってすごい話みたいね」コンスタンスがまたほほえんだ。「バック・ルイストンはこの町の牛の皇帝を自称しているけど、たいていの人は笑ってるわ。つまりね、帝国なんてものはいらないの。ここはアイオワだから」

「兄は地球上のあちこちに家を持っているわ」ヴァシリキが淡々と言った。「でも、不動産は兄が所有する財産のほんの一部にすぎない。アナクス・イグナティオスは億万長者なのよ、ミズ・ジョーンズ。兄の財産を偶然にも相続する子供を妊娠できて幸運だったわね。あなたはそういう現実を理解していないようだけど」

「クリスマスイブにはそういう幸運が訪れるものだわ」

コンスタンスはまだほほえんでいるらしかった。彼女の目はあまりにも輝いて見える。あれは笑っているせいなのか？　それともヒステリーのせいか？　あまりの幸運に頭がおかしくなってしまったとか？

彼女はまだ話していた。「こう言うのを許してほしいんだけど、今年のクリスマスイブはそれほど幸運だとは思えなかったの。私はあの降誕劇にいた全員の中でいちばん年上だった。二十歳以上もね。ヤギや十歳前後の男の子たちがいたあそこは、干し草のせいでひどい臭いがしていたの。幸い、みんなかわいかったけど。でも、あなたの存在が私とどんな関係があるのかわからない」

「ずっと説明しているじゃないの――」ヴァシリキがまた口を開いた。

コンスタンスが首をかすかに横に振った。その姿は断固としていた。そこにはさっきも垣間見たと思った、強い意志がにじんでいた。

そして衝撃的なことが起こった。コンスタンスの態度を見て、ヴァシリキが口をつぐんだのだ。

「あなたたちが私になにを言ってほしいのかわからないわ」コンスタンスが静かな硬い口調で言った。「この子の父親と接する機会があるなんて想像もしていなかった。もしあなたにとっても同じなら、申し出はお断りするわ」

同じでないのは、僕がここに来ていることで十二分に伝わっているはずだ。だがヴァシリキが攻撃に転じそうな気配を察したアナクスは、わからないほど小さく首を振って妹を制した。

「理解できないのも当然だよ」彼はなだめるように目の前の女性に言った。コンスタンスはまだおなかをさすりながら、ごくわずかに体を左右に動かしていた。「申し訳ないと思っている。それでも一つ、急ぎの用件があるんだ」

「なんとなくだけど」コンスタンスが相変わらずほほえんだまま、感情のこもらない声で言った。「あなたには急ぎの用件でも、私には違う気がする」

「僕は自分の子供が正当でない形でこの世に生まれてくることを望んでいない」

アナクスはこの言葉をもっと違う言い方で伝えるつもりだった。正直に言えば、妊娠している相手がコンスタンスでなければよかったと思っていた。しかし妊娠しているのはコンスタンスで、彼は別の作戦を考える必要があった。

アナクスが近づくと、コンスタンスが驚いて口を開けた。ほかの状況なら絶対に従わなかっただろう衝動に従って手を伸ばし、彼女のおなかに手を置く。

「すまない」彼は静かに言った。「だがこれが現実なのかどうか、まだ信じられないんだ」

その瞬間、コンスタンスの中でなにかがやわらいだのがわかった。ほほえみが変化し、まなざしにより深い輝きが宿る。彼女がため息に近い声をもらしてアナクスの手に自分の手を重ね、おなかの別の場所に導いた。

魔法のようだ、と彼は思った。

いや、奇跡かもしれない。

コンスタンスがやさしい声で、アナクスが触れているのは赤ん坊のどの部分なのかを教えた。「私たち、もうすぐ娘に会えるわ」

アナクスは目の前のすべてに震えあがった。これは想像以上に厄介な事態だ。僕は妊婦のおなかに触れていて、そのおなかの中には子供がいる。

僕の子供が。

娘に会える、とコンスタンスは言った。

娘はまだ彼女のおなかから出てきていない。この驚くほど気丈な女性は僕と争う気はなさそうだが、一歩も引く気もなさそうだ。

「コンスタンス」彼は切迫した低い声で語りかけた。「この状況が奇妙なのは理解している。君が僕を知らないのはわかった。知るための時間がないのも。君に僕を信用する理由はないし、同じ状況なら、僕も君を信用するかどうかわからない。それでも、僕が非常に裕福な男なのは事実なんだ。君とおなかの子があらゆる意味で僕の保護下に置かれないのは耐えられない」

そのとき、二人の間でなにかが変わった。言葉にできないなにかが。二人の手はまだ重なり合っていたが、そこに意味はないはずだった。

とはいえ、とても美しい光景だった。

コンスタンスはおなかに子供を――小さな女の子を宿していた。その子はもうすぐ生まれてくる。

「よく考えなければならないことがあるのは確かね」彼女の声もアナクスと同じくらい低かった。

「でもあなたの言葉が本当なら、ここに来たのを責められないわ。私だってそうするもの。私たちならきっとうまく対処できるんじゃないかしら」

アナクスは固く黒々したものが胸に渦巻くのを感じたが、表には出さなかった。時間ならある。

「君の寛大さに感謝しているこの気持ちが伝わるといいんだが」彼はコンスタンスの美しい目を見つめた。「だが、もう一つ頼みたいことがあるんだ。君と赤ん坊が安全でいられるよう法律で守りたい」

コンスタンスに見つめ返された瞬間、アナクスはさまざまなことに気づいた。なんと不思議な出来事なのか。彼は我が子がいる場所にあてた手に力をこめた。二週間前までは存在すら知らなかったのに、この子は今にも生まれてきそうだ。

怒りの感情は消えていた。いや、くすぶっていると言ったほうがいいだろうか。

アナクスの胸に確信がこみあげた。「コンスタンス」彼は静かに切り出した。「僕と結婚してくれ。君とこの子の面倒をできる限り見させてほしい」

「祖母はいつも言ってたわ。いいことに文句を言うのはすごく愚かだって……」コンスタンスの声がかすれた。アナクスは手を置いている場所が震えているのを感じた。「法律のことだけを考えるなら、あなたと結婚しない理由は思いつかない」

「そのとおりだよ」彼はすぐさま言った。「そう考えて当然だ。今のままでは僕たちは赤の他人でしかない」

「あなたを守るためには結婚するしかないのよ」ヴァシリキが口を挟んだ。

アナクスは妹の顔を見ずにいられるのがありがたかった。きょうだいはいつものように必要と思えることをしていた。

コンスタンスにプロポーズしたのは、そうする必要があったからにすぎない。

それを忘れてはならない。

「赤ん坊のイエスが三人の賢者たちと羊飼いたちを受け入れたのなら、私もあなたを受け入れるわ」コンスタンスがそう言って長いため息をついた。「でも急がないと……あなたが正当な手続きにこだわるなら」彼女の笑い声には神経質な響きがあった。

「だって、私は今、破水したから」

4

コンスタンスはまさにクリスマスイブに、キリスト降誕劇を見に来た初対面の男性と結婚した。

とにかく、彼女はそう記憶していた。

アナクスがどうやって郡の判事を病室に呼んだのか、見当もつかなかった。教会の奥にある教室でコンスタンスが結婚を承諾すると、アナクスは彼女を病院へ連れていった。教会の拝廊で知人たちがさまざまな表情を浮かべて騒いでいる中、コンスタンスはなんとか歩いて待機していたSUV車に乗りこんだ。

噂《うわさ》や自分の不格好な姿など気にしていられなかった。陣痛が始まっていたからだ。

どんな不可解な手段であれ判事が現れたとき、コンスタンスはなにも考えず、言われていたことを言った。それはクリスマスの朝早く、見たこともないくらい完璧な赤ん坊ナタリア・ジョイがこの世に誕生したあとだった。

彼女は娘にドロシーと名づけたかったが、祖母が許すとは思えなかった。祖母は自分の名前を憎んでいて、〝そんなことをしたら墓からよみがえっておまえを呪うからね〟と生涯を通じて孫娘に言い聞かせていた。

クリスマスイブからクリスマスにかけての記憶は、ナタリアの誕生を除けばぼんやりとしていた。けれど六週間がたっても、コンスタンスはまだ信じられずにいた。あのときの私は正気でなかったに違いない。だからアナクス・イグナティオスと結婚してしまったのだ。彼女はそのことについて誰かに尋ねられるのをずっと待っていた。アナクスが赤ん坊の父親だという衝撃的な事実にも一人で耐えていた。

クリニックに通っていた間、コンスタンスは精子提供者が誰なのか本当に知らなかった。しかし病院にいる誰も知る必要のない情報だったうえ、厳しい顔をしたアナクスの妹は、コンスタンスがしなければならない入院手続きをすべて代わりに片づけてくれた。

だから誰もなにも尋ねなかったのだろう。病院で会った友人で助産師のアリッサでさえも、なにも言わなかった。アナクスは見たこともないほど魅力的な男性なのに、コンスタンス以外の誰の目にも見えないかのようだった。

ナタリアを腕の中であやしながら、彼女は思った。気にするのはこの子が生まれたことだけにしよう。

コンスタンスの小さな美しい娘は想像以上に完璧だった。生きて息をしている夢そのものだった。

薔薇《ばら》の蕾《つぼみ》そっくりな口と、シルクを思わせる黒々としたまつげは父親譲りだった。アナクスのまつげを思い出すと、コンスタンスは妙な気分になった。彼のことを考えるといつもそうなるのだ。だからアナクスに思いを馳《は》せるのはやめて、疲労と喜びで朦朧《もうろう》としつつ赤ん坊に愛情をそそぎつづけた。娘を見つめてはその特徴を頭に刻みつけ、我が子への大きくて深い気持ちに涙した。ときには寝不足で泣くこともあった。

それでも、予想していたよりもずっとすばらしい日々だった。

出産経験のある友人たちの、〝最初の数週間はいろいろありすぎてめちゃくちゃだった〟という言葉は嘘《うそ》ではなかった。たしかに体は自分のもののように感じられなかったし、心の一部は永遠に失われてしまった気分だった。娘の存在になぐさめられても、その喪失感は消えなかった。最初のうちはよく眠れなかったせいかもしれない。コンスタンスには数時間おきに授乳して生かさなくてはならない、小さな新しい命があった。彼女はそれを義務とは考えず、淡々とこなした。ただ、それがどういうことなのかちゃんとは理解していなかった。妊娠中に体重が増えるのは、出産後の責任の重さに耐えるためなのかもしれない。

睡眠不足にもほかの何事に関しても、コンスタンスはかけらも不満を抱いてはいなかった。

アナクスはコンスタンスを病院に連れていき、判事を呼んだあともその場を離れず、じゃまにならないように出産に立ち会った。実際に分娩《ぶんべん》が始まると、彼女はもはや誰が部屋にいても気にならなかった。唯一気にしていたのはいきんだ際の焼けつく痛みと、ついに完璧な女の子を腕に抱いた事実のみだった。

娘を初めて目にしたとき、コンスタンスはふと顔を上げ、部屋の奥にいるアナクスがこちらに視線を向けているのに気づいた。

数週間たった今でも、その記憶には体が震えてしまう。

理由はわからないと、コンスタンスは思いこもうとした。分娩中は感じていなかった恥ずかしさを経験しているのかもしれない……冷静そのものの男性の前で、私は興奮状態でいたから。

見知らぬ男性の前で。

彼はコンスタンスにまったくかかわりのないはずの相手だった。あるのは、突然閉院したクリニックが二人を永久に結びつけたという事実だけだ。けれど熟睡できた夜にコンスタンスが見るのは、アナクスの夢だった。

ナタリアが生まれてからも、本当に彼と結婚したのだという実感はなかなかわかなかった。日がたつにつれ、その出来事はますますあいまいになっていった。たぶん私は降誕劇で自分の役にのめりこみすぎてアナクスの境遇に同情し、復讐《ふくしゅう》に燃える女に人生をめちゃくちゃにされた男性のために自分ができるのは妻になるくらいだと考えたのだろう。

その復讐に燃える女について、また精子を盗んだ方法について、コンスタンスは多くの疑問を抱いていた。病院から帰ると家では年齢不詳の陽気そうな女性が待っていて、できる限り手伝うようアナクスに言われて来たと説明した。

マリアは実に有能だった。

コンスタンスが振り向くたびに洗濯は終わり、食器は洗われ、さがそうとしていたものが目の前に出てきた。マリアは四六時中起きていて、眠る必要がなさそうだった。ナタリアが生まれて六週間、コンスタンスはとても楽に過ごせていた。

しかし、コンスタンスはそういう話を友人にはしなかった。答えたくない質問をされるに決まっているからだ。

マリアがいなかったら、教会でアナクスや彼の妹と出会ったことを自分の想像だと思ったかもしれない。もしかしたら妊娠の合併症の一種だと判断したかもしれないし、結婚についていきすぎた妄想をしていたのだと考えたかもしれない。本当は教会で小さな子供たちがぐずったり、隣人や高校時代の同級生から哀れみや非難の目で見られたりしている中で、干し草の上にいただけなのに。

シングルマザーなら、赤ん坊の父親が突然現れるという空想をしても不思議じゃない。

その日の午前中、コンスタンスは赤ん坊を寝かしつけた。自分も少し眠ろうかどうしようか考えながらソファに座ってぼんやりしていると、玄関のドアがノックされた。

音は大きく、こちらを威圧するようだった。

彼女は玄関のドアを開ける前から、誰がやってきたのかわかっていた。

教会での出来事は空想の産物なんかじゃなかったんだわ。

それでも心の準備はできていなかった。

アナクス・イグナティオスはコンスタンスの目の前に堂々と立っていて、彼女はおとなしくしているよう言われた小さな子供みたいに、もじもじしたりそわそわしたりしたくなった。

「まあ」そう言ってから、言葉足らずではと思った。もう一度口を開いたけれど、出てきたのは〝こんにちは〟のひと言だった。

彼はコンスタンスを見つめたあと、彼女の背後の部屋の奥を頭で示した。寒い二月だというのに、コンスタンスは無意識のうちに相手が家に入るじゃまをしていた。

「君は気づいていないのだろうが」夢の中で聞いた、心をかき乱すとてもセクシーな声が彼女の体に響いた。「外はとても寒いんだ」

「そうよね、ごめんなさい」それでもコンスタンスはしばらく動けず、アナクスの眉がますます上がり、煙と同じ色の瞳がきらりと光った。彼女はどうにか数歩後ずさりをした。体は頭が下した命令に少しも従いたくなさそうで、そのことをどう考えればいいのかわからなかった。

コンスタンスは生後六週間の赤ん坊がいる新米の母親が着そうな服を着ていた。スウェットパンツ。色があせ、プリントされている文字が読めなくなったTシャツ。髪は頭の上で雑にまとめてある。けれど今は、自分がどんなにみじめな姿に見えるかということしか考えられなかった。

といっても六週間前の私は、干し草のついた聖母マリアのマントをまとっていたけれど。

あのときも今も、私がどんな格好だろうとこの人が気づくはずがないわ。そう思ってコンスタンスは安心した。

アナクスはコンスタンスをかすめるように通り過ぎ、とても高価そうなコートを脱いで玄関の、彼女のふわふわのパーカーがかけてある隣にかけた。そんなふうに二人の服が並んでいるところを見て、コンスタンスは夫婦みたいだと思った。とはいえ片方の肩に赤ん坊の吐いた跡があり、ほかのあちこちにもよくわからないしみがついている服を着た私と、この男性をそんなふうに思うなんてどうかしている。

「僕たちの娘はどうしている？」アナクスが尋ね、どぎまぎしていた彼女ははっとした。

娘。

彼がここに来たのは赤ん坊のためだった。

アナクスみたいな男性が、アメリカ中西部の田舎町に住む私を訪ねる理由はほかにない。コンスタンスは手招きをしてついてくるよう促したものの、後ろを歩く彼を意識せずにいられなかった。古いフローリングの廊下にはアナクスのかすかな香りが漂い、彼女の五感を刺激していた。これはクローブの香りかしら？　それにもう一つ、アルコール度数の高い年代物のリキュールみたいな香りもする。

コンスタンスは、マリアがベビーベッドを置いてくれた小さな居間にアナクスを案内した。そして隣に立ち、彼が娘を見おろしているのを眺めた。すると、胸にこれまで抱いたことのない感情があふれてきた。

心臓が激しく打つ中、コンスタンスはこっそりアナクスのようすをうかがった。

彼はベビーベッドの縁をつかみ、拳を握って眠る仰向けの小さなナタリアを見つめていた。黒髪の娘は父親にとてもよく似ていた。想像していたとおりの光景だったが、コンスタンスはいやではなかった。

時間がたてば、大変な事態に巻きこまれたと後悔するかもしれない。けれど今はこの世に生まれてきた娘と、そのそばで娘と同じ美貌を持つ男性を目にできて、途方もない喜びを覚えていた。

「美しい子だ」アナクスがささやく声は誓いの言葉にも聞こえた。

「ええ」コンスタンスはうなずいた。「日に日に美しくなっているのよ」

誰かが背後から近づいてくる音がして、二人は同時にびくりとした。まるで誰にも秘密でなにかしているところを見つかったかのような動きだった。

陽気で明るいマリアがトレイを持って部屋に入ってきたときには、先ほどの奇妙な瞬間、体に広がった情熱もかき消えていた。

「勝手に軽い昼食を作らせてもらったわ。二人ともおなかがすいているでしょう？　食べれば話すべきことに集中しやすくなるもの」

気がつくとコンスタンスはソファに座り、小さなサンドイッチを食べながら向かいの椅子に座るアナクスをあまり見ないようにしていた。椅子は祖父のものだ。祖父のエイブはその椅子を大切にしていたわけではないし、祖父をしのんで座らずにいたわけでもなかった。それでもほかの男性が座っているのを見ると、胸がざわめいた。

その感情が怒りとは違うのに、コンスタンスは気づいた。これは先ほども覚えた情熱だ。私の顔はアナクスの前にいるせいで赤くなっているの？

「調子はどうだい？」アナクスが礼儀正しく尋ねた。

彼は私の顔が赤い理由なんて聞きたくないはずだ。

「とても元気よ」コンスタンスは同じ口調で答えた。「マリアはすてきな人ね。彼女なしではどうにもならなかったわ。ありがとう」

「礼には及ばない」

アナクスはなにも食べていなかった。ほかの人たちと違って、この人には人間らしさとか死への恐怖とかがないのかもしれない。たぶん、そういうものを超越しているのだろう。生身の人間の欲求など、彼にとっては下等なものでしかないのかもしれない。

コンスタンスにとってアナクスは、降誕劇に登場する堕天使か、出産間近に熱に浮かされていた間の妄想に近い存在だった。けれど、彼女は夫となった男性を過小評価していた。

アナクスは信じられないくらいに魅力的で、コンスタンスは衝撃を受けていた。魅力的すぎて落ち着かず、体が過剰に熱をおびていた。今日の彼はブーツにジーンズを合わせ、セーターを着ていた。ごく平凡な格好のはずなのに、その一つ一つのデザインが息をのむほどすばらしく、間違いなく値段もそれ相応にするのがわかる。いいえ、それ以前に、あの服も靴もアナクスのためにオーダーメイドで仕立てられている気がする。

アナクスがこのあたりの出身でないことも一目瞭然だった。きっとアメリカ人ですらない。しばらくしてコンスタンスは、彼がハイネックのセーターを着ているからそう思うのだと気づいた。座り方も身

——。

頭が完全におかしくなってしまう前に、私はもっと外に出たほうがよさそうだ。

「わからないことがあるの」コンスタンスは続けた。「そもそも、クリスマスイブに私たちを結婚させてくれる人をどうやって呼んできたの?」

「説得には自信があってね」

「そうなんでしょうね。だから、判事を連れてこられたんでしょうし。だけど、合法ではなかったんじゃ——」

「いや、合法だよ」アナクスの口角がかすかに上がり、彼女は背筋がざわめくのを感じた。「信じてくれていい。妹には多くの長所があるが、法律に詳しいところもその一つだ。そして、そんな自分に誇りを持っている」

〝弁護士みたいね〟と言おうとして、コンスタンスは思いとどまった。黙っていてよかった。口を開いたら、アメリカ人らしくない。どんなささいなこなし方もアメリカ人らしくない。どんなささいな仕草も洗練されているようすから、ヨーロッパ出身らしき気配が伝わってくる。

もう一つ、考えるのもばかばかしいけれど、だからといって否定できない事柄があった。

「私、クリスマスのほとんどの記憶がぼんやりしてて」コンスタンスは沈黙を破った。「あなたにお礼を言ったかどうかも覚えてないの」

「一人の人間をこの世に送り出すのに忙しかったのは僕じゃない」アナクスが即座に言った。その言い方のなにかに、彼女はほんの少し傷ついた。完璧で、すてきな言葉でもあったのに。

それに、アナクスの口調にはどことなく引っかかるものがあった。話すときにコンスタンスを注意深く見るようすにも。落ち着いた態度で座っているけれど、なんとなくなにかに耐えているみたいだ。もしあれが自分を抑えつけている仕草なのだとしたらたとしても声は出なかったはずだ。

アナクスが立ちあがり、ポケットから小さなポーチを取り出した。コンスタンスは彼がそこになにを入れているのか想像もつかず、ポーチをじっと見つめた。アナクスがポーチを引っくり返すと、やわらかな金属音とともに指輪が二つ、てのひらに転がり出てきた。「今日のために宝石を見繕ってきた」表情は読めない。

コンスタンスは自分が宝石とは縁遠い格好なのを心配した。「宝石を?」

彼が指輪を一つ、また一つと置いた。彼女は物心ついたときから居間にあったコーヒーテーブルの上の指輪を見つめた。これまでそのテーブルに光り輝くプラチナがあったという記憶はなかった。一つには精巧なひと粒ダイヤモンドがあしらわれ、もう一つにはとても美しい模様が刻まれている。こんなものは見たことがない。

「指輪をつけるつけないに、法的な理由はいらないわよね」どこからか自分の声が聞こえた。「ほかの理由なら……あるかもしれないけど」

アナクスがコンスタンスを見た。彼の口角がふたたび上がる。その表情をなんと表現すればいいのかはわからなかった。けれどあれは笑顔じゃない。

次の瞬間、コンスタンスは思った。本当に笑顔じゃないのかしら? 私はこの男性を知らない。もしかしたら嵐の前の静けさのようなあの表情は、ほほえみなのかもしれない。

「君の立場を説明するためだと思ってくれ。それ以上の意味はない」少ししてアナクスが言った。「よければ僕の尊敬の証《あかし》と思ってくれてもいい。君は僕に娘を授けてくれた、コンスタンス。いやならつける必要はない。子供の誕生を祝いたい気持ちの表れと思ってもらえないだろうか」

アナクスが去ったあと、コンスタンスは言われたことを何度も考えた。数週間、数カ月たっても。

その間にナタリアはすくすくと成長した。アイオワの冬は長く厳しいが、コンスタンスは天気のいい日には赤ん坊を抱いて外に出た。ひと息ついて、体を動かしたかった。ずっと家に閉じこもっていたくはなかった。自宅の私道を歩いて大通りに出たり、ときには町へ足を延ばしたりもした。

そうしていると、少しずつまた自分らしくいられるようになった気がした。

半年がたつころ、コンスタンスは何事にもそれほどあわてなくなっていた。祖母から教わった節約術のおかげで長く産休を取っていても生活はできており、新しい暮らしにも慣れてきた。

もし銀行口座の残高を気にせずに好きなだけお金を使えばいいというアナクスの申し出を受けていたら、もっと長く休めただろう。彼はナタリアのためにいくらでも銀行口座を作ると言ったが、コンスタンスは施しを受けたくなかった。すてきな男性だからといってお金をもらったら、祖母が怒るに違いない。

「いい天気だね」六月のある日、ブラント・ゴスがコンスタンスに話しかけてきた。

季節はあっという間に暑い夏になっていた。どこへ行くにも生後六カ月の赤ん坊を連れていたので、コンスタンスは大変だった。今日、彼女はゴス食料品店で買い物をするついでに散歩もしようと決めていた。

相変わらず、ブラントの存在は忘れていた。それがまずかった。

「春はとても過ごしやすかったわね」コンスタンスは誰にでもするような返事をした。

ブラントが悲しそうに頭を振った。「話を聞いて残念に思ったよ、コンスタンス。予想していた結果とはいえね」

　ナタリアが言葉にならない言葉を口にし、コンスタンスはほほえんだ。ブラントに買ったものの精算をすませてほしいとは頼まなかった。「ごめんなさい。なんのことだかわからないわ」

「教会だよ」彼女が見つめ返すと、ブラントが舌打ちした。その音はとても不快だった。「保育園について投票が行われたんだ、コンスタンス。誰も君に保育士を続けてもらうのを適切だとは思っていない。あの年ごろの子たちは感受性が豊かだからね。間違ったメッセージを送りたくないんだ」

「相手のありのままを受け入れるとか、キリスト教の慈愛の精神とか、そういうメッセージを送るなと？」コンスタンスは問いかけた。

「君は未婚の母じゃないか」ブラントがわざとにっこりした。

　体を知らない感情が支配し、彼女はほほえんで立ち去るのではなくブラントとの距離を縮めた。その姿はまさにドロシー・ジョーンズの孫娘らしかった。

「せっかくの喜びに水を差すようで悪いけど、私は未婚の母じゃないわ。ナタリアには父親がいる。私はこの子が生まれる前に結婚したの」

　その言葉の後押しとして、コンスタンスは首にかけていたチェーンを持ちあげ、二つの指輪を見せた。とても派手なのでつけられなかったのだ。この指輪をつけておむつを替えるとか、料理をするとか、アイオワ州ハルバーグで生活するとかできる？

「これが見えるかしら？」指輪を振ってダイヤモンドを輝かせる。「がっかりさせてごめんなさい。ブラント、あなたは保育園からやり直したほうがいいと思うわ。人を非難するときはよく考えないとね」

　帰るまで続いていた満足感は、家に入るなり後悔に変わった。携帯電話がひっきりなしに鳴っていたからだ。なぜ誰にも結婚したと話さなかったのか、なぜ黒塗りの大型ＳＵＶ車がときどき町で目撃されるのか、みんなは知りたがった。噂によると、チャーリー・ハノンはまた発作を起こしたらしい。

コンスタンスはどう答えていいかわからなかった。アナクスはこの半年間、マリアに知らせてから定期的に家を訪れていた。そしてやってくると娘に会い、コンスタンスと少し言葉を交わし、不思議なほど強烈な印象を残して去っていった。

彼に二人の秘密をもらしてしまったことを告白しなければ。

「秘密とはどんな？」数日後、訪ねてきたアナクスがきいた。

「結婚のこと」コンスタンスは答えた。彼が家にいるせいで、相変わらず存在感や力強さに圧倒されていた。けれど、このごろは少しずつ慣れていた。

今日もアナクスはいつものようにやってきた。ナタリアは上機嫌で手をたたきながら、口の中のラズベリーを飛ばしていた。黒髪は伸びて、ますます父親に似てきた。

コンスタンスは娘を抱きあげて椅子から下ろし、父親の腕の中に行くよう促した。ナタリアが大喜びでアナクスのもとへ這《は》っていったので、コンスタンスはしばらく話すチャンスを見つけられなかった。

この人が娘に会いに来るのはどうして？　なぜ私はそのことが気になって眠れなくなるの？

落ち着きを取り戻した彼女は、結婚を秘密にしていたと聞いた友人たちがあまり喜んでいなかったとはアナクスに言わなくていいと思った。それは私一人の問題だから。でもほかは……。「ブラント・ゴスはこの町の象徴みたいな人で、私は嫌いなの。心が狭くて、道徳を振りかざすのが好きで、他人に生き方を指図するから。そんな人にあなたの存在を明かしたのは間違いだったわ。ごめんなさい」

「どうして？」アナクスがコンスタンスを見た。先ほどまでナタリアに向けていたやさしい表情は一変していた。

今日のアナクスのいでたちは洗練されているというより夏らしかった。ジーンズに薄手のシャツを合わせ、シンプルでありながらおしゃれな靴をはいている。

しかし、目だけは去年のクリスマスイブの教会のときと同じだった。

「どうしてって？」コンスタンスは繰り返した。

アナクスがナタリアに視線を戻した。赤ん坊も父親をじっと見ている。二人とも表情はまじめだ。それから彼が娘を膝の上にのせると、ナタリアがにっこりした。するとアナクスもほほえみ返し、コンスタンスの心は激しく揺さぶられた。

「どうして謝る？　僕たちが結婚しているのは本当だろう」静かな嵐を思わせる彼の不穏なまなざしが、ふたたびコンスタンスに向けられた。「コンスタンス、謝罪で悩むのは時間の無駄だと僕は学んだ。君も彼らのことは気にしないほうがいい」

なぜその言葉を罰のように感じるのか、コンスタンスにはわからなかった。けれど、たしかにそう感じていた。

そのせいでまたしても眠れない日々が続いた。

何週間も、何週間も。

さらに月日は流れ、やがて秋になった。コンスタンスはいちばん好きな季節を、今年はさらに成長したナタリアと一緒に楽しんだ。娘はとても賢く、なんにでも興味を示し、小さいながらもはっきりと個性があった。あまり楽しくなかった夏を終えられて、コンスタンスはほっとしていた。

夏の間、彼女は眠れない原因となる会話をアナクスと交わす一方で、町の人々に説明してまわっていた。

友人たちは全員、クリスマスイブに電光石火で結婚式をあげたのに報告してくれなかったコンスタンスに、冗談めかして驚いたりあきれたりした。彼女たちには、幻を見ている気がして言えなかったのだと話した。

するとケリーが笑いながら言った。〝あなたの指輪は絶対に幻じゃないと思うわ。マイクは絶対に信じないでしょうけど〟

けれど友人以外の人々はコンスタンスの結婚をなかなか信じず、自分はなにもわかっていなかったのかもしれないと彼女は思った。結婚によって私という人間が変わるわけではないから、受け入れてくれると考えたのは甘かった？　アナクスが結婚相手でなければ、納得してもらえていたかしら？

結局のところ、コンスタンスはハルバーグで最初のシングルマザーではなかった。あの日ブラントは店で好き勝手にしゃべっていたものの、保育士の後任はいなかった。コンスタンスが産休を取っていた数カ月間、保育園は運営されていなかった。長年、彼女一人がせっせと働いていたのだ。

もしコンスタンスがアナクスの存在を明かさなかったら、彼女の話は町の噂の一つで片づけられたかもしれない。

〝あの子はちょっと変わっていたもの〟人々はそうささやき合っただろう。〝ずっと年老いた祖母と暮らしていて、赤ん坊を産んだ。昔ながらではない方法で。クリニックで子供を授けてもらったんだよ〟

しかし、コンスタンスには謎の夫がいた。指輪もあった。アナクスが定期的に町に現れていることは知られていたが、コンスタンスは一度も彼を人々に紹介しなかった。だから九月中、彼らはどういう男性だろうと噂しつづけた。

祖母だったら紹介しただろう、とコンスタンスは思った。もしかしたら、みんなが許せなかったのはその点だったのかもしれない。

今夜は町の収穫祭があった。ハロウィンが好きな人もいれば嫌いな人もいたが、ハルバーグのほとんどの行事と同じで誰もが最終的にはなにかを手に入れた。通りではおかしを求めて子供たちが練り歩き、町の半分の家はハロウィンにちなんだ飾りつけをしていた。

コンスタンスはニワトリに、ナタリアは割れた卵から顔を出したヒヨコに扮《ふん》した。絶対に町でいちばんかわいい組み合わせの仮装だ。人が辛辣な感想を言っても、祖母ならくすくす笑っただろう。

彼女はナタリアを連れてケリーと一緒に歩き、楽しい時間を過ごすはずだった。けれど、すれ違いざまにささやかれる声を聞き流すのはむずかしかった。

「みんなが私の話をするのがいやなの」不思議そうな顔の友人に、コンスタンスは言った。

「あなたはおもしろい人生を送ると決めたのよ」ケリーが笑った。「だから町の人は噂するの。あなたは惰性で生きていくことだってできた。誰にも悪口を言われず、おとなしく暮らすこともできた。でもそれじゃ、ナタリアには会えなかったわ。友達にも言えない夫にも」

「言わなかったのは妄想だったらと考えたからよ」コンスタンスはニワトリの羽を身にまとった姿でにっこりした。「もし妄想の夫だったら、すごく恥ずかしいでしょう？　チャーリー・ハノンの陰謀論よりひどいわ」

そう言ったとき、コンスタンスは通行どめになっている大通りが騒がしいのに気づいた。今夜は町の誰もが大通りに出て、涼しいひとときを楽しんでいる。体がかすかに震えているのは夜気のせいだ、とコンスタンスは自分に言い聞かせた。もうすぐ冬がくるからだ、と。

体の奥にはアナクスの訪問のあとみたいな、緊張に似た不思議な感覚があったけれど。

次の瞬間、隣にいるケリーが目をまるくし、行儀の悪い我が子たちを叱るのをやめた。

「コンスタンス、妄想の夫じゃないかと心配する必要はないと思うわ」友人の声には畏敬の念が表れていた。

「そこがあなたの好きなところだわ」コンスタンスはうれしそうに言った。声には妄想ではありませんようにという祈りもこもっていた。「いつも私を信じてくれるから」

「信じているわけじゃないわ」ケリーが言った。

「彼がいるのよ」

「なんですって?」コンスタンスは振り返った。

そこには眠れない夜の元凶である人物がいた。アナクスが大通りにいるたくさんの人たちなど見えていないかのように、まっすぐこちらへ歩いてくる。

本当に見えていないのかも。だって、彼の視線は私にしか向いていないもの。


コンスタンスは息もできず、喉がからからだった。体のあらゆる部分が、アナクスが近づくにつれて急激に熱くなっていく。

まるで季節を飛び越え、自分がクリスマスのイルミネーションになったみたいだ。

「アナクス」彼が目の前に来たとき、コンスタンスは声をかけた。

なにかが変わっていた。それはアナクスのまなざし? でも、彼の目に浮かんでいるのは独占欲じゃないわよね? なぜこの人は燃えるような目で私を見ているの?

「お嬢さん《コリッツィ》」まるでその言葉がコンスタンスの名前だというように、アナクスが呼びかけた。声は勝ち誇った響きがあり、目は輝いている。「君を迎えに来た。家《ホーム》へ行こう」

5

「私の故郷《ホーム》はここだわ」コンスタンスがアナクスに言った。声は少しかすれ、魅惑的な色合いの瞳は不思議そうに大きく見開かれている。アナクスはこのときを長らく待っていた。

　コンスタンスが驚きのあまり動けないでいる今がチャンスだった。彼女をそっと押しのけてベビーカーに手をかけ、友人と思われる女性にそっけなくうなずく。口をぽかんと開けた女性はなにかを察したのか、またたく間にどこかへ行ってしまった。

　アナクスがずっと前から仕掛けていた罠《わな》が、今や発動していた。もはや遊びは終わりだった。とはいえ、怪しげな仮装をした子供や大人がおおぜい行き交う中で、コンスタンスに意図が伝わっているとは思えなかった。

　世界でも有数の大富豪の妻なのに、彼女は納屋の家畜のような姿をしている。

　アナクスはその理由を尋ねず、ベビーカーを押してコンスタンスの家のほうへ歩きはじめた。妻が自分の大きな歩幅に追いつこうと羽をばたばたさせて急いでいても気にもとめなかった。

「なにがどうなっているのか理解できないわ」彼女が歩きながら顔をしかめた。いらだちと不安の中間みたいな表情をしている。

「そうだろうな」アナクスは陰のある笑みを浮かべた。「前からわかっていたよ」

「なんですって？」

　彼はそれ以上なにも言わなかった。

　最初からアナクスはマリアを、コンスタンスを見張らせるために雇っていた。彼女の今夜の計画もマリアから聞いていて、アメリカ中西部への訪問を最後にするときがきたと判断した。彼はコンスタンスと結婚して赤ん坊の父親となり、彼女を自分のものにした。妻はなにもわかっていないだろうが。それから十カ月かけて、コンスタンスが逃げられる法的な抜け道がないのを確認した。

そして、彼女と娘が引き離されることがないようにした。

しかし、コンスタンスと赤ん坊がアメリカの田舎町にいないほうがいろいろずっと楽になる、というのが全員の意見だった。アナクスもそう思っていた。彼が人生の成功者となったのは、つねに手持ちの最高の武器を駆使してきたからだった。

今回は相手を安心させておいてから、いっきに自分の計画を実行に移すつもりだった。

マリアはコンスタンスの家を片づけていた。ヴァシリキはさまざまな手続きの監督をしていた。あとはアナクスが妻を飛行機に乗せればよかった。

彼はできると信じていた。いったん行動を起こし、コンスタンスをハルバーグから連れ出してしまえば、振り払えずにいる彼女への欲望に終止符が打てるはずだ。

計画に抜かりはない。アナクスはエーゲ海に所有する島に二人を住まわせるつもりだった。そこは少年時代には想像もできないほど贅《ぜい》を尽くした場所で、妻と子供が暮らすには最適だった。

アテネに二人を連れていけば、遅かれ早かれ存在を世間に公表しなくてはならなくなる。それはアナクスの望みではなかった。今は違う。まだそのときではない。結婚を彼女の隣人に知られるくらいは問題ではない。ブラント・ゴスは電話一本で世界を変えられる男ではない。

僕の生活は、アイオワ州ハルバーグでの生活とはまったく違うのだ。

それなら結婚の事実と娘の存在をどう発表するのが最善なのか決まるまでは、コンスタンスとナタリアを人の目に触れないようにしなくてはならない。

特に僕の目に。

なんといっても今はニワトリの仮装をしているし……と、暗い道でベビーカーを押しながらアナクスは思った。それにしてもひどい格好だ。もし家族の誰かのこんな姿を人に見られたら、イグナティオスの姓に傷がつきそうだ。

いったん用意した家に引っ越しさせてしまえば、コンスタンスは僕の許可なく島を出られないから、どんな格好でもすればいい。

島にいれば娘にも好きなだけ会える。この十カ月はナタリアに毎日会えないのがつらかった。アナクスが何カ月も定期的にハルバーグを訪ねていたのは、コンスタンスを心配させないためと、自分の最終的な目的に気づかれないためだった。だがコンスタンスたちが島へ行ったあとは、スケジュールに従ったいつもどおりの生活に戻れるだろう。

「この荷物って私のもの?」自宅に着いて、コンスタンスがきいた。目の前の光景がどういうことなのかわかっていないようだが、車に積みこまれているのが自分のスーツケースだとは気づいたらしい。

「いったいなにがどうなっているの?」

「説明するよ」アナクスはコンスタンスをさっと見て答えた。「だが今は急がないと」

彼は嘘《うそ》をつかない自分を誇りに思っていた。嘘をつくのはいつも父親だった。

だからといって、間違った結論に飛びつかないようコンスタンスを導こうとは思わなかった。彼女がボディガードたちに顔をしかめ、唾をのみこんだ。おそらくヴァシリキが僕の富について言っていたことを思い出し、いろいろ想像したのだろう。僕が人に命じて荷造りをさせている理由を考えたのかもしれない。

だがアナクスの予想に反して、コンスタンスは従順な女性だった。彼女はなんの抵抗もせず、ナタリアをSUV車に設置されていたチャイルドシートに固定して座席につき、アナクスのプライベートジェットに足を踏み入れるまでなにもきかなかった。

けれど、なにをするにも必要以上に時間がかかった。タラップをのぼり、機内へ入ったときもニワトリの格好をしたままだったからだ。

「私たち、本当にどこかへ行くの？」飛行機が滑走路を走りはじめたとき、コンスタンスが不思議そうにきいた。

「そうだ」アナクスは向かいの座り心地のいい座席についていた。マリアはナタリアを寝かしつけるため、客室の一つに消えていた。コンスタンスは座席に硬直した姿勢で座り、両手で肘掛けを強く握りしめている。「だから、わざわざ飛行機に乗っている」

「どうして？　これって……お金持ちがすることみたい。防弾仕様になっているの？　爆弾にも耐えられる？」

「君はスーパーヒーロー映画かなにかと勘違いしているんじゃないか？　僕はヒーロースーツを着ていない。僕の飛行機は普通の飛行機だ」

「残念だわ。だから乗ったんだと思ったのに。私たちの身に危険が迫っているんだと」

「そうとも言えるかな」飛行機のスピードが上がり、アナクスはコンスタンスを観察した。彼女の顔はどんどん青ざめている。「コンスタンス、教えてくれ。君は飛行機に乗ったことがないのか？」

「あたりまえでしょう」彼女が甲高い声で答えた。「もし人間が飛べるなら、翼があったはず――祖母のドロシーはいつもそう言ってたし、私も理にかなってると思う」飛行機が地面から離れると、悲鳴をあげる。「私たちはどこへ飛んでいるの？」

アナクスはほほえんだ。「これから僕たちはギリシアへ向かう」

この瞬間をずっと待っていた。これはつかみ取る価値のある勝利だ。僕はなにがなんでも勝たなければならず、そして勝った。

しかしすべてが計画どおりに進んでいるというのに、アナクスがまだ目の前の女性に魅了されているという事実は変わらなかった。この十カ月間ひたすら耐えろと自分に言い聞かせてきたせいで、妻となった女性をますます意識していた。コンスタンスのそばにいて、さまざまな姿を目にしていたせいもある。目覚めたときの夢見るような目と、寝乱れた姿。ナタリアを寝かしつけるために小さな声で歌うところ。赤ん坊が興奮した声をあげると、大喜びで笑うようす。ソファにまるくなって眠る彼女は、初めて会った日と同じくらい輝いて見えた。

そして今、その魅力はさらに増していた。

コンスタンスがニワトリの扮装《ふんそう》をしていても、先ほどの悲鳴にアナクスは興奮していた。おまけに――。

おまけに、なんだ？　わからない。だが、胸には心配になるほど温かなものが広がっている。

「嘘でしょう」コンスタンスが言い返し、窓の外を見ようと首をひねった。あまりにすばやく頭を戻したので、額の上にあるニワトリのくちばしの位置がずれる。それから顔をしかめ、くちばしを直すことなく言った。「どうしてギリシアに行くの？　パスポートがないんだから、着いても送り返されるだけよ」

手に負えない状況におびえながらもまだ現実的な問題を気にしているコンスタンスに、アナクスは感心した。

魅了されるだけでも悪いのに、彼女を称賛してどうする？

「僕のような男の立場を、君は理解していない」アナクスは静かに言った。勝利をおさめたので寛大になる余裕ができた。胸の中では奇妙な感覚がせめぎ合い、全身へ広がっていたが。「君たちのパスポートなら用意してある」

コンスタンスが目をぎゅっと閉じ、彼は羽毛の下の胸が忙しく上下しているのに気づいた。僕はほかの誰の仮装よりも、この女性の仮装を見ている。これまで参加したさまざまな仮面舞踏会や仮装イベントでも、注目を集めようと凝った格好をした人たちはいた。

だが、コンスタンスはそういうつもりで仮装していなかった。彼女はセクシーな悪魔に扮してもいなければ、過去目にした誰とも同じ格好をしていなかった。

コンスタンスは自身をセクシーに見せようとしていなかった。それでも彼女なりに魅力的ではあった。

アナクスの目には……かわいく見えていたのだ。

向かいに座るコンスタンスが懸命に息を吸ったり吐いたりするのを見ながら、彼は考えこんだ。僕は今までに女性をかわいいと思ったことがあっただろうか？

考えるまでもなく答えは出た。一度もない。

かわいいという言葉は子犬や子猫、それに自分の娘がほほえんだときなどに使うもので、大人の女性には使わない。

だが、この女性だけは違う。

彼女が目を開けると、アナクスは顔をしかめた。あの表情はかわいいを超えている、と彼は思ったが、どうしてそんなふうに感じたのかはわからなかった。

「危険があるからじゃないのね？」まるで悲鳴などあげなかったかのように、声は落ち着いていた。しかしアナクスは、コンスタンスが窓の外を見なかったのに気づいた。「あなたは私にそう思わせたいんでしょうけど」

「いとしい妻よ」彼は座席にもたれた。交渉がようやくまとまり、甘美なギリシアの陽光のような勝利の興奮が訪れたときと同じ気分だった。「君がなにを思うか、僕に指図はできない」

彼女はまばたきもしなかった。「いったいなにが目的なの？」

「ナタリアは歩きはじめたばかりだ」アナクスは静かすぎる声で言った。「この十カ月、君が娘と暮らす家に僕は通った。母と子の絆《きずな》を深める時期は終わった。君は僕の妻で、ナタリアは僕の子供だ。それなら、二人ともギリシアで僕と一緒に暮らさなくてはならない」

コンスタンスは泣き崩れたりしなかった。

たぶん、僕はそうしてほしかったのだろうとアナクスは思った。脈が速まったのは、妻が期待した反応をしなかったせいなのかもしれない。だが彼女は教会の保育園で破水し、陣痛に耐えながら僕と結婚した女性だ。すべてを粛々とこなした妻が、なぜ泣き崩れるなどと想像していたのだろう？

コンスタンスは目を細くし、深刻そうなまなざしをしていた。「私たちの結婚は書類上だけのものではなかったの？」

「君には選択肢がある」アナクスは口を開いた。「僕は話の通じない相手ではない。僕の庇護《ひご》のもと、君は永遠にあの静かで小さな町にとどまっていてもいい。だが、そうするときはナタリアの親権は譲ってもらう」

コンスタンスの表情が変わった。けれど、彼女はやはり涙を流したり悲鳴をあげたりしなかった。なにがおかしいのか、頭を後ろに傾けて笑った。

「あなた、なにもわかってないのね」しばらくしてコンスタンスはニワトリのくちばしの下で目をふきながら言った。「あなたが会社を相手にしているなら、強引に事を進めてもうまくいくのかもしれない。でも私はお金持ちの経営者でもないし、飛行機で世界を飛びまわりもしないけど、現実の人間なのよ」彼女がまた笑った。「あなたには世界じゅうに家があるんでしょう？　でも、私にはもう何年も前にローンを完済したとても古い家が一軒あるだけ。あとは冬になると調子が悪くなるおんぼろの車があるくらいかしら。それでも、友人や近所の人たちとは長い間つき合ってきた。ここ一年ほどはいろいろあったとしても、私に家があって、今後も娘とそこに住むのは変わらないわ」

アナクスはコンスタンスと目を合わせた。「君たちがそうする時期は終わったんだ」やさしく、しかし遠慮なく告げる。「つらい思いをしているなら申し訳ない。だが君たちの未来は変わらない」

コンスタンスの顔が蒼白《そうはく》から、身につけているニワトリのとさかと同じ赤に変わった。「こんなことに同意した覚えはないわ」

「君の同意など求めていないよ」アナクスは肩をすくめた。「君が結婚したのはとても裕福で力のある男だ、コンスタンス。君が産んだのはそういう男の跡継ぎなんだ。それなら迎える結末は一つしかない。世間知らずな君は抜け道があるとでも思っていたのかな？　ありえない話だぞ」

「人の言葉を大切にするのを世間知らずとは言わないと思うわ」彼女が言い返した。「あなたはそう思っていないみたいだけど」

「僕は名誉を重んじる男だ」彼は険悪な表情で言った。相手の言葉になぜ腹がたつのか、まるでわからなかった。「だが、僕は君に対して約束したわけではない。僕が約束したのは、相続人として育てられる娘に対してだ。あんな田舎で無価値な存在として、日々を無駄に過ごすまねはさせられない」

「その〝あんな田舎〟は子供を育てるにはすばらしい場所よ」コンスタンスが顎を上げた。「育った場所だからわかるの。だからわざわざ人工授精を受けるためにクリニックに通って、子供を産んだのよ。あなたに指図する権利は――」

「いや、そこが間違っているんだ」声には満足がにじんでいた。「僕にどんな権利があるのかは確認した。ナタリアは僕の姓を名乗り、すでに国籍を二つ持っている。だが、君は二年後にギリシアへの永住権の申請をし、五年後に帰化を試みなければならない。もちろんそのときまで僕の妻でいられたら、の話だが」

アナクスに脅す必要はなかった。二人の力関係を考えれば、どちらが有利かは一目瞭然だった。

コンスタンスはしばらくの間、自分の手を見つめていた。赤いとさかがかすかに震えているので、彼女の体も震えているのだろう。顔を上げたとき、コンスタンスの目にははっきりと苦悩が浮かんでいた。

正当な理由があったなら、アナクスは羞恥心を感じていたかもしれない。

「よく十カ月も自分を偽れたわね」コンスタンスが彼をまっすぐに見て静かに言った。「私に親切にして、うまくやっていくふりをしていたなんて。こんな結果になるなら、どうしてわざわざそんなことをしたの？　あなたはそれほど残酷な人なの？」

アナクスは彼女のなにかが気にさわっていた。それはあの目のせいだろうか？　だが、即座に否定した。

理由はほかにあるとわかっていたからだ。

コンスタンスが出産した夜の記憶がよみがえった。ナタリアをこの世に誕生させるために奮闘していた彼女の姿が。あれは強烈な出来事だった。

生々しすぎたし、現実感がありすぎた。そして、あまりに感情を揺さぶられた。

コンスタンスと過ごした日々のすべてがそうだった。町のあちこちに出かけたことも、彼女の小さな家の屋根裏部屋のような殺風景な部屋に泊まった夜も。部屋はひどく狭かったが……居心地がよかった。

コンスタンスのどんな姿を目にしようと、アナクスはその魅力から逃れられなかった。夜中に起き、ぐずる赤ん坊に歌を歌っていたせいで疲れていても、コンスタンスは朝になると挨拶し、使い古されたコーヒーメーカーで彼にコーヒーをいれてくれた。

アナクスは多くの女性とつき合った過去があるが、コンスタンス以上にいろいろな姿を見た相手はいなかった。そして、コンスタンスのことはどの女性よりも好きだった。

しかしそれは全部、彼が抱きたくない感情にかかわる話だった。そんなものがなんの役に立つのか？悪い状況をますます悪くするだけじゃないか？

「君は感情の問題にしたいのだろうな」アナクスは冷静かつぞんざいな口調で言った。「だが感情は関係ない。これは君が考えなくてもいい金の問題なんだ、コンスタンス。クレジットカードの請求額や、小さな家のローンどころではない、はかり知れないほどの富、交通標識もレストランもない小さな町にいては守りきれない富の問題だよ」彼は頭を振った。「僕には、あそこに人が住んでいるのが不思議でたまらない」

今回、コンスタンスは笑わなかった。肘掛けをつかむこともなく、頬もとさかと同じ色ではない。アナクスにはそれが進歩なのかどうかわからなかった。

「誰も存在を知らないなら、あの町は小さな女の子が育つには完璧な場所だと思うわ」少しして、彼女が穏やかな声で反論した。教会の教室にいたときと同じ口調だ。「あそこなら誰もあの子をさがさないし、カメラを持ったパパラッチも来ない。お金持ちが行くような場所に行って、プライバシーがないと文句を言うこともないわ」

アナクスはまたほほえみたくなるのをどうにかこらえた。「僕は君の言う金持ちとは違う。僕は自分の手と頭で、持っているものすべてを手に入れたんだ。あの子は僕のようになにかのために戦う必要はない。父親が解決するからだ。最高の教育を受けさせるし、なに一つ不自由はさせないし、誰にも駒として使わせない。僕にも、君にも、娘をさらって身代金を要求する連中にもだ」

コンスタンスの顔に警戒が浮かんだ。「身代金？誰かがあの子を誘拐すると思ってるの？」

「いや」必要以上に緊張して、彼は答えた。「これ以上、あの子が人目にさらされることはない。君とナタリアは僕の所有する島に住む。君はいやそうだが、大した苦労はないと思う。エーゲ海の島々が美しいという評判なのは知っているだろう？」

アナクスの口調に感情がないので、コンスタンスは理解できなかったらしい。「私、泳げないの」彼女は言った。

彼は驚いた。「飛行機に乗ったこともなく、泳いだこともない。あの町でなにをしていたんだ？」

彼女の目には怒りの色が浮かんでいたが、声は落ち着いていた。「旅をしたくなったら、一日あればシカゴまで車で行けるわ。あの町で私はとても幸せな生活を送っている。飛行機も水泳も必要ないわ」

「娘は泳ぎを習わなければ」アナクスはコンスタンスをにらみつけた。「あの子はギリシア人だぞ」

「あなたはいろいろ考えているみたいね」声には新たな緊張がにじんでいた。身を乗り出した彼女の視線はこれまでと違って真剣だった。ニワトリのとさかでさえおごそかに見えた。「降誕劇に現れたときよりも、今のほうがあなたのことを少しは知っているわ。経歴は目を通したし、功績も知っている。今回、あなたに子供ができた経緯も。そのことについては気の毒だと思うわ。でも、私が仕組んだわけじゃない」

コンスタンスの言葉がアナクスの罪悪感を刺激した。ありがたい反応ではなかった。彼女がなにも知らなかったのはすでにわかっている。望んでいなかった妻子がいる現実にも折り合いをつけた。そうかな？　それなら、どうしてその妻子を誘拐した？

アナクスは不快な心の声を脇に押しやり、うんざりして立ちあがった。「そろそろ休んだほうがいい」彼はコンスタンスに言った。「飛行機に乗ったことがないなら、今眠ったほうが時差ぼけになりにくい。もちろん、乗務員に好きなものを頼んでもいい。ここにはなんでもあるから」

驚いたことに、彼女も立ちあがっていた。今は順調に飛んでいるが、ふいに飛行機が揺れるかもしれないと思ったのか、座席の背に手をかけて体を支えている。「私には関係のない罪で私を罰するなんて。それって公平かしら？」

アナクスは多くのことに気づいた。コンスタンスは彼のすぐ近くにいた。もし彼がアナクス・イグナティオスでなかったら、あるいは状況が違っていたら、手を伸ばしてコンスタンスのうなじをとらえ、引きよせていたかもしれない。だが、そんなまねをする自分は想像できなかった。

理由はいくつかある。いちばん大きな理由は、妻がまだニワトリの格好をしているからだ。

彼はその事実をどう考えればいいのかわからなかった。困惑してもいた。

しかしひとたび考えはじめると、とめられなかった。そばにいるコンスタンスを見る目は変わっていた。ひょっとしたら、ナタリアがいなかったからそうなったのかもしれない。

同じことがあったのはいつだっただろう？　もう

何カ月もなかったはずだ。

だがニワトリの格好をして目の前に立っている女性はクリスマスイブに会った、身重の聖母マリアではなかった。

コンスタンスの体型はあれ以来、すっかり変わっていた。あんなに魅力的だと思っていたのに、僕は気づいていなかったのだろうか？

それとも、わざと気づかずにいたのか？

今の彼女は適切なところがまるみをおびている。胸がずっしりと重そうなのは、まだ娘に授乳しているからだ。ヒップは妊娠前から豊かだったのだろう。ひょっとしたら妻は、女性はニワトリの格好をして自分らしくいればいい、よけいな装飾は不要だと証明したがっているのだろうか？

アナクスはぞっとした。明らかに女性とデートする時間がなさすぎた。実際どれくらいデートしていないのか考えてみたが、思い出せなかった。

アナクスは自分のことを健康的な欲望を持つ男だと思っているが、ほかの大富豪たちのように女性をもてあそんだりはしなかった。デルフィーヌとの一件があってからは自分の直感を信じられなくなり、関係を持っても問題のない相手が見つかるまで禁欲していた。

だが心の声は、人生が変わる報告をしにスタヴロスがオフィスに現れる前から女性とは会っていなかっただろうと真実を突きつけていた。

彼にわかっていたのは、この女性には触れられないということだ。

とてもかわいい困惑の表情で見つめているだけのコンスタンスを見ていると、アナクスは二人の間になにが起こっているのか彼女がわかっていない気がしてならなかった。僕と同じ衝動、同じ熱い情熱を感じているとしても、なんなのか理解できていないのでは？

部下がいくら調査しても、コンスタンスの人生には男の影すら見つからなかった。

その瞬間、アナクスの中でなにかがうなり声をあげた。

彼はそれをうまく抑えられなかった。

衝動に屈する男にはなりたくなかった。そうしたらどういう結末になるかなら、よく知っていた。

父親が母親にした仕打ちを、いったい何度見てきただろう?

コンスタンスは、二人の間に生まれつつあるものにかけらも気づいていなかった。彼女は無邪気にアナクスに近づき、顔を上げてじっと彼を見つめていた。

その仕草は……アナクスの興奮をかきたてるばかりだった。

「私はどこかの島に隠れたいとは思わない」コンスタンスが言った。声は前よりも自信がなさそうだったけれど、真剣なのは変わらなかった。「誰も聞いたことのない小さな町で暮らすのと、どこがどう違うの? どうしても私とあの子を守りたいなら、アイオワに置いておけばいいじゃない? ハルバーグでは意外なことはなにも起きないんだから」

「君は想像以上に、人間の本質というものがわかっていないな」

アナクスはコンスタンスから離れるべきだと悟った。彼女はあまりにも近くにいた。鼻を横切るように頬に散らばるそばかすを、どう思えばいいのかわからない。ニワトリの格好をしていても、かわいいと感じればいいのだろうか?

だがコンスタンスの唇に視線をやったとき、頭の中に浮かんできた言葉は〝かわいい〟ではなかった。

はっきりと定義できない女性と、これほど長く話をした覚えはなかった。コンスタンスは僕が庇護する相手であり、妹のような存在であり、哀れな聖母であり、いつかはベッドをともにするかもしれない女性だ。アナクスはずっとコンスタンスの中にあるさまざまな一面を切り離して考えていた。

しかし、妻としての彼女は新たな一面だった。彼は次の呼吸をするよりも妻の唇を味わいたかった。

このときほど自分を嫌悪したことはなかった。

アナクスはコンスタンスから離れた。その動きはほとんど乱暴で、彼女が驚き困惑した。

これまでの出来事がなに一つ気に入らない。中でもいちばん気に入らないのは自分自身だ。

「君と娘はあの島で、ささやかだがすてきな人生を送れるだろう」彼は堅苦しい口調で告げた。そうする理由もないのに、過剰に身構えていた。「僕はナタリアともっと頻繁に会えるようになる。父親ならそうでなければならない。君が島での生活に我慢できなくなったらどうすればいいかは、もう言った。どこにでも行くといい」

アナクスは機内の後部座席に向かおうとした。

だが、コンスタンスの声が追いかけてきた。

「死んでも私はナタリアから離れない」とても静かな、とても確信に満ちた言い方だった。「アナクス、ほかになにも信じられないとしても、それだけは信じてちょうだい」

彼は信じた。そのとたん自分の中で起こった反応は胸に深く突き刺さり、認めるつもりのない跡を残した。

だから、アナクスはコンスタンスをそこに残して立ち去った。そうしなければ我を忘れていただろう。

そうはなりたくなかった。

僕は父親と同類にはならない。

それなら欲望は否定しなければ。

6

アナクスの島はまるで夢から抜け出てきたようだった。かつては島の端に古い漁村があったらしい。今残っているのは色鮮やかな建物の残骸だけで、絵のように美しいと同時に寂しい光景だった。砂浜はまばゆいばかりに白く、木にはオリーブが実っていた。誰も足を踏み入れない森の中には古い寺院の瓦《が》礫《れき》があるそうだ。

アナクスの家は島の反対側にあった。遠くから見ると、そこはまるで小さな村のようで、さまざまな階層の建物が丘の上に点在し、木々が生い茂っているのに見晴らしがよかった。家の壁は白漆喰《しっくい》で、屋根は赤い瓦だ。近づいてみるとすべての建物が通路かプール、中庭《パティオ》かテラス、空と海が一望できるバルコニーでつながっているのがわかった。晩秋の太陽はすべてのものに暖かく明るく降りそそぎ、花々はまだ咲いていた。

どこを見ても、非の打ちどころがない。

コンスタンスはそれがいやだった。

「マリアは君とともに残る」島に来た初日、コンスタンスがじゅうぶん眠ったあとで、アナクスが言った。母と子で一緒に横たわったベッドは驚くほど快適だった。そして朝の光に輝く島は……途方もない美しさだった。

きっと自分はまだ故郷の家にいて、ベッドで夢を見ているのだと思い、コンスタンスは頬をつねってみた。

けれど目はしっかりと覚めていて、驚きや不安とともに周囲を見まわした。ハルバーグの町全体よりも、この家のほうが広そうだ。アナクスと妹のヴァシリキが苦労して私に話したように、ここは彼が所有する資産の中でも特別なものらしい。

それゆえに、コンスタンスは家についてなにも言いたくなかった。壮大さもすばらしさも認めたいとは思わなかった。どんなに美しい場所だとしても、ここにはいたくなかった。

マリアが一緒に島に滞在するとアナクスから告げられて、コンスタンスは笑った。

「私の家にいたスパイのこと？」マリアには目もくれなかった。三人は家の外の日陰に立っていた。ここからはインフィニティプールや居間、さらに別の居間へ行くことができるから玄関ホールと言ってもいいかもしれない、とコンスタンスは思った。「それとも友人だと思ってた、少なくとも味方だと思ってた女性のこと？　いいえ、マリアにはいてほしくないわ。私の目の届くところにはね」

しかしアナクスの飛行機が飛びたったとき、マリアは島に残っていた。

コンスタンスは現在の状況を正確に把握したほうがいいと考えた。どれほど勇気がいるとしてもそうしなくては。

「私を嫌いになったならごめんなさい」マリアが言ったが、コンスタンスの目には申し訳なさそうに見えなかった。「でも、私はナタリアを愛してる。それに、あなたとは友達だと思ってるの」彼女がため息をついた。「ただ、ミスター・イグナティオスは私の人生を変えてくれた人よ。彼は私をとんでもなくひどい場所から救い出してくれたし、私の家族がどん底から這《は》いあがるのも助けてくれたの」彼女が胸を張った。「だから、彼のためならなんでもするわ」

コンスタンスはマリアに対する返答を山ほど思いついたものの、祖母の賢明なアドバイスを思い出した。〝対立は長く恨むという楽しみを知らない人がすることだよ〟ドロシーはいつもそう言っていた。

コンスタンスは自分も祖母にならおうと決めた。

「ナタリアはあなたになついてるわ」彼女は冷ややかな口調で告げた。「そして今、私はあなたの正体を知った。最初から教えておいてくれればよかったのにと思うわ」

マリアがかすかに顔を赤らめた。謝罪の気持ちがないわけではないのだろう。

それからは目を覚ますことのできない夢の中に――アナクスの島にいるしかなかった。自身を哀れんで二日間を過ごしたあと、コンスタンスは自分にこう言い聞かせた。この十カ月と同じでいいのよ。私は育児に集中する。ただ今は友達もおせっかいな隣人もいない、泳いで逃げることのできない島に閉じこめられている。

ここはどこもかしこも驚くほど贅沢《ぜいたく》で困るくらいだけれど、なんとかなるだろう。

しかし、いつもと違う出来事がすぐに訪れた。四日目の夜にアナクスが戻ってきたのだ。コンスタンスは何週間も彼と会うことはないと、だから心の準備をする時間があると思っていた。

アナクスに対抗するには必要なことだった。

「どうして戻ってきたの？」食事が出されるパティオにはランタンが吊《つ》るされ、寒くなった場合に備えてヒーターが置かれていた。島と海という美しい景色も眺められた。やっぱり海には不思議な魅力がある、とコンスタンスはしぶしぶ認めた。けれど海の美しさはやり過ごせても、アナクスの男性的な美しさには目を奪われた。どぎまぎする代わりに、彼女は顔をしかめた。「億万長者のあなたは会社にとって重要な仕事を片づけるんでしょう？　どうぞそうしてちょうだい」

「アテネは遠くない」彼が眉を上げ、コンスタンスの表情の理由には気づいているぞとほのめかした。

「ヘリを使えば一時間で行ける。だから好きなときに来るつもりだ」

ランタンが輝き、満天の星がそれ以上に輝く中、二人は見つめ合った。

「すばらしいわ」コンスタンスは言った。心の中は正反対だった。彼女は夕食を抜き、部屋でクラッカーを食べた。

そのあとは自分に厳しく言い聞かせた。私は人生を好き勝手にされるのを黙って見ている女なんかじゃない。それなら海を眺める時間を減らして、脱出計画を練らなくては。

ところが、そうするのは思った以上に大変だった。必要な行動について考えても、ナタリアが一緒だとどれも実行に移すわけにはいかなかった。

自分の身を危険にさらすのはかまわない。でも、赤ん坊は違う。

たとえナタリアを連れて無事に逃げ出せたとしても……そのあと私はどうすればいい？　コンスタンスが最初に考えたのは、故郷にいる友人たちに連絡して、助けに来てくれないか頼むことだった。でも、自分がどこにいるのかどうやって説明すればいいの？　携帯電話の地図で島の位置はわかっても、ここに来る手段は問題だった。ヘリコプターかボートか飛行機をチャーターしなくてはならないのに、誰にそんなことが頼めるというの？

それに友人たちは、私がアナクスと喜んで出かけたと思っている。

私ならありうる行動だと。

〈去年、あなたは急に子供を持つと決めた〉コンスタンスのメールに、ケリーはそう返信してきた。〈信頼していたけど、今はあなたがわからないのよ、コンスタンス。言葉が見つからないの〉

数日後の夜、夕食をとるためにパティオへ向かっていたとき、ヘリコプターがやってくる音がした。

だから早足になったわけじゃないわ、とコンスタンスは自分に言い訳した。

パティオに出ると、アナクスはすでにいた。彼は家に背を向け、海を見つめて立っていて、急に彼女は呼吸が浅くなった。

「座ってくれ」コンスタンスはなんの音もたてなかったのに、アナクスが振り返ってテーブルを手で示した。「一緒に食べよう。マナーとして」

コンスタンスは彼に〝そんなふうに思うのはあなただけよ〟と言い返したかったけれど、適切な行動ではない気がした。この人はなんでも思いどおりにできる。それなら、子供じみたふるまいをしても意味はない。そんなまねをすれば、相手にますます力を与えるだけだ。今でもじゅうぶん優位なのに。

コンスタンスはできるだけ優雅にテーブルについた。そして、ここにあるすべてがアナクスという人物を表しているのに気づいた。彼が所有する島。プライベートジェット。ヘリコプター。そのどれもに気が遠くなるほどのお金がかかっている。

アナクスは裕福な権力者なのだ。でも、私はそうじゃない。

けれど、見下されること以上にコンスタンスの闘う意志をかきたてるものはなかった。人にはわかりにくいかもしれなくても。

座るよう示された席は、アナクスの席と直角になった場所だった。彼女はそこに座り、心にあるものは無視して目の前のすべてに注意を払った。

アナクスはいつものごとくすてきな服装をしていた。今夜着ているオーダーメイドのスーツなど、コンスタンスは雑誌でしか見たことがなかった。そもそもオーダーメイドという言葉も雑誌で知った。ハルバーグの人々がスーツを着るのは卒業ダンスパーティか、結婚式か、葬式に限られた。どのときもスーツは真新しいものばかりだった。

アナクスが着ているスーツは明らかにそうではなかった。その人のために特別に作られた、とはこういうものなのだろう。ぴったりと体に合ったスーツを彼はジャケットのボタンをはずしてネクタイもせず、普段着みたいに着こなしている。

その姿はカジュアルでありながら世界じゅうのどこでも通用しそうな品をかもし出していて、コンスタンスは不快だと思うべきだった。

けれど嫌悪感はそれほどなかった。

コンスタンスは、目の前に並べられた料理に対するアナクスの反応を観察した。ワインを試飲するようすも。彼はワインを口にしてからさりげなくグラスをまわし、よしというように控えていたスタッフにうなずいた。

それから座り直し、彼女に目を向けた。

グレーの瞳は独特の輝きを放っていた。

コンスタンスはテーブルの上で両手を組み、夫が本当に自分を見ていますようにと祈りながらほほえみかけた。身につけているスーパーマーケットで買ったカーゴパンツとだぶだぶのスウェットシャツは、どちらも三十ドル以下だった。上下合わせても彼のコートの片方の袖代にもならないはずだ。

彼女は二人の格差がうれしかった。自分がどういう人間なのか思い出しておきたかった。

「なにが目的なの?」声は落ち着いていた。少なくとも、コンスタンスはそう思った。

「一般的に」アナクスが叱責にも誘惑にも取れる低い声で答えた。「人は一日の終わりには空腹を満たすものだ。それを楽しい共同体験だと考える者もいる。そうしたいなら、黙って座っていてもかまわない。君の意思に反するのは理解しているから。心中穏やかでないのも」

「どうしてわかるの?」彼女はさらにほほえみ、アナクスを驚かせた。「あなたは人にじゃまをされたことなんてないでしょうに。一度も」

「もしそうだったら、お嬢《コリツィ》さん、君は結婚せずにすんだだろうな」ハルバーグでも呼びかけたギリシア語の意味を、彼は説明しなかった。コンスタンスも尋ねなかった。「僕たちの子供は安全な、望むものがそろっている場所で暮らさなくては」

「家に帰るのが望みだったらどうするの？」彼女がきいた。「あなたは最初から私の家にスパイを置いていた。娘の幸せの心配をするなら、監視や演技をするんじゃなく正直に言ってほしかったわ」

「僕は、君が娘を一年近くあの町に閉じこめておくのを許した。それは僕の望みとは違ったんだ、コンスタンス。君への贈り物だったんだよ」

「なんて思いやり深いのかしら。誘拐され、国境を越えさせられていた間に気づいておけばよかった」

アナクスにものを投げつけたくてたまらないのに、座ってパンを食べなければならない理由はない。では、なぜ私は座ったの？　結婚を承諾したのはナタリアのためであって、彼とディナーを一緒にとりたいからじゃない。

コンスタンスが立ちあがっても、アナクスは穏やかな表情で見つめ返しただけで、彼女はもっと言い返せばよかったと悔やんだ。「どうぞすてきな夜を過ごして。私の食事は〝刑務所の独房〟に運んできてもらうわ」その表現にはそれなりに満足した。アナクスの反応はどうでもよかった。主導権を奪われている気がすることが問題なのだから。好きにできるのはなにを言うかくらいだった。

ところが、そのあとアナクスは何度も島へ戻ってきた。

彼にはああ言ったものの、コンスタンスはすべての食事を自分の部屋でとっていたわけではなかった。だいいち、そこは刑務所の独房とは似ても似つかなかった。贅が尽くされたその場所には、食事をとる以外の時間もいることが多かった。

「これは脱獄になるのかな?」ある夜コンスタンスがパティオに出たとき、アナクスが尋ねた。妻がそばにいようといまいとまるで気にならない顔でテーブルについている。

「どうしてそうなるの?」彼女は軽い口調できき返した。「看守が目の前にいるのに」

アナクスが笑い声にも聞こえる低い声をあげた。その反応を無視できず、コンスタンスは自分がいやになった。また侮辱されたのよと言い聞かせても無駄だった。彼女の全身を震わせる笑い声に、侮辱の響きはかけらもなかった。

それからはすべてを奇妙に感じた。座って食事をしているだけで、二人の間にはとてつもない親密さが生まれていた。

この男性との関係は順番が逆なのだ、とコンスタンスは気づいた。アナクスは私と結婚し、出産に立ち会った。だが、二人はキスをしたことも触れ合ったこともない。

娘がいるほかにはなにもない。

なのに彼女は友人かなにかのようにアナクスに向かって、ナタリアが離乳食を食べてくれたと話した。我が子の成長の印には、解放感とともに寂しさを抱いたとも伝えた。

驚いたのは、アナクスが聞き上手だったことだ。娘についての話に限られてはいたけれど。

「あなたはかなり貧しい家で育ったという記事を読んだわ」最初の料理と次の料理を食べおえたとき、コンスタンスは言った。濃いブラックコーヒーを飲んでいるアナクスに、赤ん坊の断乳について話したのはやりすぎだった気がしていた。

特定の男性に自分の胸の話をするなんて。

「ずいぶんきれいな言い方だな」かなり間が空いて、アナクスが言った。コンスタンスのほうは見ず、まるで突然コーヒーの魅力に気づいたかのように視線は下に向いていた。「僕はどうしようもない家系の出身なんだ。長く続いてはきたが、一族の男たちは自分とまわりの全員を不幸にしかしなかった。彼らはさまざまなものに溺れたせいで金を失い、ささやかな善意さえ踏みにじってきた。だから、君の〝かなり貧しい家〟という言葉は控えめな表現だと思う」

そう言えば、私が恥じ入って話を打ち切ると考えたのね。コンスタンスは思った。彼を質問攻めにしてもよかったけれど、話を続けるほうを選んだ。

「私たちも貧しかったと思うわ。でも、誰もそうとは言わなかった。まわりのみんなも同じようなものだったから、気にならなかったの。私の両親は二人とも教師だった。小さいころの私は両親と祖父母の家の地下室に住んでいて、誰がいちばんたくさん割引券を使って、週の終わりにどれだけお金を節約できたかを競ってた。祖父が亡くなると、家は父に遺《のこ》され、私たちは残りの住宅ローンをどれだけ早く返せるかという新しいゲームを始めたの。そういうことを貧しいからしているとは思わなかったわ。したいからしていると思ってた」

「君の話みたいだったらどんなにいいか」アナクスが低い声で言った。今回は視線を向けられ、コンスタンスは急に息が苦しくなった。「父はいつも酔っぱらっていた。酔いつぶれているほうがましだったよ。それならベッドに入れれば殴られずにすむから。だがそんな幸運はめったに訪れず、母はひたすら耐えていた。父が死んだときはありがたいとしか思わなかったよ」

コンスタンスはアナクスを観察した。なぜ彼の表情を警戒しなかったのかはわからない。胸には警戒心ではなく、なぐさめたい気持ちがこみあげていた。夫の瞳の色は煙から鋼鉄を思わせる色に変わり、顎には力がこもっている。

「両親は私が十六歳のときに死んだの」いまだに呼吸は苦しかったけれど、コンスタンスは静かな声で言った。この話は絶対にしなくてはならなかった。話すのが初めてなのは、町のみんなはとっくに知っていることだからだ。そう思うと呼吸をするのがいっそうむずかしくなり、話さなくてはという意志が強くなった。「二人はアイオワシティで週末を過ごして車で帰るところだった。たまにそこへ行くのが好きだったの。講演を聴いたり、絵を見たり、友人に会ったりするのが。どちらもハルバーグ育ちで、お互いのことは知ってたのに、つき合いはじめたのは大学に入ってからだったんですって。家からアイオワシティまではちょっと遠いけど、何百回も行き来していたの。雪の日でもね。雪の日に運転ができないと、冬の間はどこへも出かけられないから」アナクスは黙って耳を傾けている。「でもその夜は吹雪だった。なにも見えず、両親はどうすればいいのかわからなかったんでしょうね」コンスタンスはやっと息をついた。それでもまだ楽にはならなかった。「車は高速道路からそれて木に激突した。二人は翌日まで発見されなかったわ」

「両親の死が悲しかったか？」アナクスの質問とまなざしには神経を震わせる危険ななにかがあった。

「毎日悲しんでいるわ」なぜ小声で話しているのか、彼女にはわからなかった。「両親は善良で堅実な人たちだった。亡くなるのが早すぎたわ。もっと生きていてほしかった」

「父の死を悲しむ者は一人もいなかった」アナクスが暗い声で言った。「どちらかといえば、人々はどうしてもっと早く悲惨な最期を迎えなかったのか不思議がっていたな」

コンスタンスは頭を振り、皿の上のものを食べた。いつ蜂蜜がしみたバクラヴァが置かれたのかは見当もつかなかった。「幼いころ貧しかったから、あなたは過剰に贅沢なここをなによりも大切にしているの？」バクラヴァに触れた指を、よく考えずになめた。

アナクスを見ると、彼はこちらの動きを熱烈な視線で追いかけていて、コンスタンスは驚いた。間違えようのないものが体の中を熱く、鋭く駆けめぐる。

コンスタンスは頭の先から爪先までが赤くなるのを感じた。それとも急に熱が出たのかもしれない。

彼女はなめた指を曲げて膝の上に戻した。

「僕は怪物にならずにいられているんだろうか？」アナクスが笑った。声は荒々しかった。それでも彼女の熱い体が冷えることはなかった。「そうならずにいる自分を、僕は祝福しているんだ。毎日ね」

「娘に本当に必要なものが島に全部あるというあなたの考えは、そのとおりだと思うわ」コンスタンスは空いているほうの手でまわりを示した。どこまでも広がる家、高い天井、芸術品や座るのをためらうほど優美な椅子、めだたずに働いているスタッフたちを。「だけど、大事なのはお金じゃないのはわかってるわよね？」

アナクスは長い間コンスタンスを見つめていた。彼女は夫の鼻孔がわずかにふくらんでいる気がした。顎は緊張し、力がこもっていて、彼をさらに魅力的にしていた。アナクスが目の前の小さなコーヒーカップを手に取り、それを乱暴に戻した。そして今夜は彼が椅子から立ちあがった。「どうしてそんなことがわかる？」口調はシルクのようになめらかだった。ひょっとしたら彼女を見下し、二人の立場の違いを指摘したかったのかもしれない。

「どうして？」コンスタンスはまばたきをし、集中するのよと自分に命じた。「なにが大事なのか、私にきいているの？」

「金のあるなしは関係ないと、どうしてわかる? つらい思いをして話してくれたように、君の生活はつましくも幸せだった。牧歌的な環境で育ち、空や大地に見守られながらトウモロコシ畑で遊んでいたんだろう?」

アナクスの笑い声は前より暗かった。なんとなくその声が妻の背筋を震わせ、下腹部を熱くさせていることを彼も知っているように思えた。

話はまだ終わっていなかった。「ばかばかしい。農場は農場だ、コリツィ。田舎町も田舎町だ。どちらにも道徳的な価値はない。あるのはそこに住む人々のありふれた団欒《だんらん》だけだよ」

コンスタンスは頭を後ろに倒して長身のアナクスを見た。さりげない優美さと完璧な身なりで、彼が妻よりずっと洗練されていると思われたがっているのはわかっていた。だが、夫はそれ以上に男らしすぎた。

コンスタンスはまだまともに息ができなかった。「あなたにはなにがあったの?」彼女はあえて尋ねた。

アナクスの唇がほほえみではない弧を描いた。それはあまりやさしげとは言えなかった。「誰も聞いたことのない君の小さな田舎町と違って、僕が故郷と呼ぶ地域にローンの返済をゲームだと考える者は皆無だったよ、コンスタンス。危険だし、無駄だからね。僕たちは一日一日をやり過ごすのに必死だった。あそこには未来も、過去も、都合のいい美徳もなかった」彼が顔を近づけ、コンスタンスは胸が高鳴った。「娘はここにいたほうが安全だと思う。危険も無駄もないここに」そしてアナクスは立ち去った。星空の下、コンスタンスはふたたび楽に呼吸できるようになるまで長い時間がかかった。

日々が過ぎていく中で、彼女はそのときの会話を何度も思い出した。授乳の必要がなくなったことはありがたかったけれど、ナタリアとのつながりが失われた気がして悲しくもあった。マリアには冷たい態度をとるつもりだったのに、陽気な彼女に接していると怒りが続かなかった。

島にはほかに誰もいないのだ。

「私、泳ぎを習いたいの」ある日の朝、コンスタンスはマリアに言った。「習ったほうがいいと思うのよ。島にいるんだから」

「本当ね」マリアの目が輝いた。「いつかここから泳いで逃げることになるかもしれないもの」

「そうよね」コンスタンスも明るく返した。

それからは毎朝、マリアから泳ぎを習った。二人は家にあるプールを転々とした。海水のプールや真水のプール、温水プールや温水でないプールを。どのプールでもコンスタンスは水に顔をつけることから始め、水中で息を吐くこと、浮くことを覚えた。

本当に少しずつだったけれど、彼女は泳げるようになっていった。

十一月に入るころ、コンスタンスはこの監禁生活の最悪な部分はあっという間に慣れ親しんでしまうことだと気づいた。昼は晴れて暖かく、夜は涼しく、天国のように快適で、ハルバーグみたいな冬の気配はどこにもない。もし彼女が違う人間だったら、あるいはナタリアを産んだ直後だったら、なにも考えずに楽しんでいたかもしれない。

しかし、コンスタンスは新しい一歩を踏み出そうとしていた。保育園への復職はまだ果たせていないけれど、ハルバーグのデイケアセンターで働こうと考えた。怠け者にはなりたくなかった。そうなると思うだけで気が滅入《めい》った。

「この家には本がたくさんある」ある日の夕食の席でコンスタンスがだらけた生活はいやだと訴えると、アナクスが憤慨した口調で言った。二人は壁に絵が飾られ、天井がガラス張りになった部屋に移動していた。外は嵐で、もうすぐ十二月になろうとしていた。スタッフが暖炉やキャンドルに火を灯《とも》してくれたので、どこもかしこも光り輝いていた。「自分磨きならいくらでもできるだろう」

コンスタンスは夫を観察した。アナクスに会うときは、いつもスーパーマーケットで買ったスウェットシャツとカーゴパンツを身につけると決めていた。彼がいないときになにを着ていようと、ヘリコプターの音を聞いた瞬間、いちばんみすぼらしい服に着替えた。

なぜそうしたいのかはわからない、と自分には言い訳していた。

けれどそれは嘘《うそ》だった。

コンスタンスはドロシー・ジョーンズの孫娘だったから、必要なら何年でも腹いせを続けられた。アナクスは認めないかもしれないが、自分の格好が彼を悩ませているのはわかっていた。彼が妻を見るたびに身震いをするまいとしているのが楽しかった。

そのせいで無意味な抵抗をやめられずにいた。スーパーマーケットで買った合成繊維の服に合わせて、コンスタンスは髪を頭の上で雑にまとめていた。そんな姿でアナクスと同じ空間にいると思うと我ながらぞっとした。

それも全部、抵抗の一つなのだと自分には言い聞かせていた。

とはいえ、今もコンスタンスはアナクスと親密なディナーをとっていた。彼に会いたいとは思っていないはずなのに、ヘリコプターの音がすると駆け出さずにいられなかった。そしてこの瞬間はスタッフが火を入れてくれた暖炉と同じくらい、全身が燃えるように熱かった。

その理由を、アナクスが父親としての役割を果たしてくれているからだ、とごまかすことはできなかった。彼の子供への態度を見ているとやさしいぬくもりが胸に広がるけれど、これは違う。

このほてりは消えることがない。

だから体がうずいて、夜中に目が覚めてしまうのだ。

その感覚は糸のようにきつく体に巻きついていて決してほどけず、どうしようもなかった。

正直に言うと、アナクスがそばにいるとき、ほてりはいっそうひどくなった。

私はアナクスに女として見られたいわけじゃない、と何度自分に厳しく言い聞かせても無駄だった。コンスタンスは女だった。そして悲しいことに、胸の中ではとにかくアナクスに女として見てほしいという願いがふくらんでいた。

誰よりも夫には、自分をそういう存在と認めてほしかった。

ところがコンスタンスはアナクスに認めてもらうために、彼が女らしいと思ってくれる服装をする必要はないと考えていた。

ハルバーグでは聖母マリアとニワトリの扮装《ふんそう》をしていて、この島ではスウェットシャツとカーゴパンツしか身につけていない女に、夫が夢中になることを望むとは、なんと哀れなのだろう。

自身の願いがむなしいのはわかっていた。特にすることのないコンスタンスは、インターネットでアナクス・イグナティオスについて調べるのに膨大な時間を費やしていた。だから彼がどういう女性を美しいと思うかよく知っていたし、そんな女性は自分がわざとしている格好なんて絶対にしないのもわかっていた。

最高級の服を着るなんて私らしいとは言えない。そんな格好をしていてもアナクスの求める基準に達するとは思えないし、達したいとも思わない。だったら気にしていないふりをしよう。

本当は深く傷つき、今も立ち直っていなかった。

ひょっとしたら、傷ついている原因はアナクスがそばにいるせいなのかもしれない。

アナクスにどう思われようとかまわないでしょう？　彼を求めて自分をおとしめないために、私はこんな服装をしているのよ。

自分磨きをしたいなら本を読めばいいとアナクスに暗に勧められたときは、特に気を引きしめた。彼女は生きている限り二度と本は読まない、と宣言しようとしたけれど、ぎりぎりのところで自制した。もしそんなことを言ったら、私は意地になってそうしてしまう。

「あなたは私がどんな自分磨きをすればいいと思ってるの？」コンスタンスは尋ねた。

「僕たちはみな人間だ」アナクスは落ち着きを失っていて、椅子に座ろうとしなかった。ダイニングルームを歩きまわり、壁の肖像画を見つめる。「できるだけ自分を磨いたほうがいいだろうな」

「あなたは？　自分を磨く必要がないの？」

それは嵐のせいで窓ががたがたと音をたてているせいだったのかもしれない。感じたくないのにコンスタンスの体の内側が燃えるように熱くなっているせいだったのかもしれない。彼女が理解する必要のないことを、アナクスが知っているせいだったのかもしれない。

振り返ってコンスタンスを見たとき、アナクスの顔には強い感情が浮かんでいた。彼女にはその名前がわからなかった。

名前が必要かしら？　コンスタンスの心の中で小さな声がした。それとも、とっくになんと呼べばいいのか知っている自分を心配しているの？

アナクスの荒々しい感情を目にして耐えられないほど熱く重い感覚に襲われ、コンスタンスの目はうるんでいた。彼の目は暗く陰っている。二人の間にはテーブルとわずかな空間があったが、彼女にはどちらも存在しないみたいに思えた。アナクスとは呼吸すら分かち合っているかのように、過去数カ月にわたる親密さが全身にのしかかっているかのように感じた。

外で吹き荒れている嵐が、二人の中でも吹き荒れていたのかもしれない。

コンスタンスは思った。私はなにも見えないふりをして、ずっと自分をごまかしていたのかしら？

そのときドアが開いて、マリアが現れた。彼女はナタリアを抱っこしていた。ナタリアは母親を見ると泣き出し、ぽっちゃりした小さな腕を差し伸べた。

「怖い夢を見たみたいで」マリアが申し訳なさそうに言った。そして、ガラス張りの天井を見あげて嵐が原因だとほのめかした。「このままだと落ち着かないと思ったの。おじゃましてごめんなさい」

「ばか言わないで」コンスタンスは甘い香りのする娘の体をかかえた。「この子がじゃまだなんてありえないわ」

そう言いながらちらりと夫のほうを見ると、アナクスはぎょっとした顔をしていた。

コンスタンスは自分のあとを追いかけてきた夫を意識しながら、子供部屋へ入った。それから娘をベッドに寝かせ、おなかに手をあてつつ歌を歌った。赤ん坊が眠りにつくまで歌はやめなかった。

子供部屋から暗い廊下に出ると、アナクスがいた。先ほどの強い感情がふたたび二人の間に渦巻いた。

「あなたは質問に答えなかったわね」コンスタンスは言った。そっけなく、要点をついているように聞こえるといいんだけれど。

二人は子供部屋の外に立っていた。もう夜も更けていたうえ、家のこの部分はそれほどきらびやかでも明るくもなかった。ここにいるのは二人だけで、影が多すぎた。

そして、あたりは熱い空気に支配されていた。

コンスタンスは、アナクスのグレーの瞳の輝きを見ようと目を凝らした。

「質問とは?」彼が尋ねた。声はいっそう低く、彼女は肌を撫《な》でられている気持ちになった。

いいえ、肌がざわめくのは嵐のせいで気温が下がっているせいよ。「できるなら、どうやって自分を変えたい?」

どこか遠くで、吹き荒れる風の音が聞こえた。けれど自分の鼓動が大きすぎて、コンスタンスにはなにも聞こえなかった。

アナクスが身を乗り出し、手を上げたので、彼女はばかみたいなことを想像した。彼は顔を近づけて、私と見つめ合いたいのでは?

するとまた息が苦しくなり、心臓が激しく打つ。夫となにをしたいか想像したせいで、欲しいものはわかっていた。

アナクスの視線が唇をとらえ、コンスタンスは動けなくなった。夫と目を合わせると、体が燃えるように熱くなった。

「覚えておいてくれ」アナクスが静かすぎる声で言った。「僕は怪物にはなりたくないんだ」

コンスタンスは、夫が頭を低くしたと思った。たしかにアナクスはそうした。意思に逆らって、彼女の目が自然に閉じられた。

ふたたび目を開けたとき、彼の姿はなかったけれど、コンスタンスは自分という人間が前とは違うのに気づいた。

私は夫を求めるという、とても危険な過ちを犯していた。妻を必要とせず、娘しか望まない男性を。

さらに悪いことに、夫にそんな姿を見せてしまった。

7

何時間も書類仕事をこなして顔を上げたとき、アナクスはドア口に妹のヴァシリキがいるのに気づいた。

彼は椅子にもたれ、腕時計をちらりと見て、デスクの書類にどれだけ時間をかけて目を通したかを確認した。全部読まないだろうと思って相手の会社の弁護団が作成した契約書の落とし穴をさがしていた。

「私が言ったことをひと言も聞いていなかったのね？」ヴァシリキが半分軽蔑した、半分失礼ないつもの口調で尋ねた。

そんな妹の態度に、アナクスの心は温かくなった。彼女と同じ接し方を自分にする者はほかに一人もいなかった。この地球上で妹を従わせることのできるものなど存在しない気がする。いや、警備責任者のスタヴロスに対しては不満そうな顔をしていた。だがあれは、行動を制限されるのがいやなせいだろう。

「ひと言もな」ヴァシリキがいらいらするとわかっていたから、アナクスはできるだけ楽しげに答えた。「おまえがいると知っていたら、もっと長い間無視していた」

妹があきれた顔をして、タブレットを見た。「休暇を一緒に過ごそうという誘いがいくつかきているわ。それと……」チャリティイベントや舞踏会などへの招待を並べたてる。「もちろん、このすべてが兄さんの出席を心待ちにしてる」

アナクスは椅子から立ちあがり、十二月の夕日を浴びるアテネのにぎやかな通りを眺めながら背伸びをした。彼はなんとなくその明るさが気に食わなかった。そして嵐の夜のこと、暗い廊下でささやかれた質問、もう少しで破るところだった誓いを思い出した。アナクスは妹のほうを向いた。「僕の寄付額を記録し、予定をつめこんでいるのはおまえだろう？　なぜ議論する必要がある？」

「今年は違うからよ」ヴァシリキがタブレットから顔を上げた。兄が言わないので驚いているようだ。「今年は妻がいるでしょう？　忘れたの？」

「僕は忘れっぽいことで有名なのか？」妹はこの切り返しを気に入らないだろう。案の定、ヴァシリキは顔をしかめた。

「スタヴロスが言ってたわ、兄さんは二週間も島へ行ってないって」ヴァシリキが眉を上げた。「あの楽園でなにかあったの？」

「おまえがなにをしたくて会話を続けているのかわからない」アナクスは会社の部下なら震えあがる視線を妹に向けた。ヴァシリキは平然と見つめ返した。

「頭でも打ったんじゃないのか？」

ヴァシリキが笑った。「ときどきそうだったらいいのにと思うことがあるわ。けれど私はイグナティオス家の一員だから、そもそも遺伝子に問題があるのよ」彼女がタブレットを脇に挟んだ。「兄さんに妻がいるのは事実だわ。それは大きな変化よ」

「そうみたいだな」

「毎年、兄さんが出席するたびに舞踏会は大騒ぎになる」ヴァシリキが言った。「女性たちがみんな兄さんに群がるから。老婦人も若い女性もね。三歩進むたびに誰かからプロポーズされていたでしょう？去年はあまりにひどかったから、兄さんが避難するために舞踏会が一時中断されたのを忘れたの？」

アナクスはわざといらだちをあらわにしつつ、こめかみをさすった。「避難はしなかった。別の出入口から抜け出しただけだ。主催者が騒いだのは僕のせいじゃないぞ」

ヴァシリキが頭のよくない相手にでも話すように

明るい声でゆっくりと言った。「今年は別の選択肢があるわ。妻をみんなに紹介するのよ。そうしても群がる女性はいるでしょうけど、大混乱にはならないかもしれない」

「いや《オヒ》」アナクスはギリシア語で否定した。あまりに短くすばやい返事だった。「断る」

　オフィスの外の空から光が失われている中、きょうだいは見つめ合った。目の端では車のライトが光のリボンのようにシンタグマ広場へと続いていて、この季節らしい華やかさを演出している光景が見えた。ヴァシリキが背後に手をやり、部屋の明かりをつけた。「なぜ差し出された救命胴衣を拒否するようなまねをするの？　意味がわからない。兄さんは何年も、群がってくる女性たちの文句を言いつづけてきたのに」

「自分がなにを言ってるのかわかってるのか？」アナクスは言い返し、自分の直感は現状把握に基づいていると結論づけた。理性的かつ合理的な判断をしたのであって、決して娘に歌いかけるコンスタンスを見たあと、キスをしそうになったこととは関係ない。

　彼はあの夜の出来事について考えたくなかった。だが、ほかにはなにも考えられなかった。

「コンスタンスを鮫《さめ》だらけの海に放りこむのはどう考えてもフェアじゃない。彼女は泳げないんだぞ」

　ヴァシリキが兄を見つめた。「それって比喩なの？　比喩の話なのよね？　私はクリスマスの奇跡を目にしてるのかしら？」

　アナクスは両手をズボンのポケットに突っこみ、妹は兄を怒らせたいだけなのだと自分に言い聞かせた。ヴァシリキは生まれたときからそうしてきたし、僕はそんな妹を許してきた。「デルフィーヌがコンスタンスを選んだのには理由がある。コンスタンスはこの世界のことをなにも知らない。彼女が生まれ育ったあの町は別の惑星も同じだ」

ヴァシリキがまばたきをした。「兄さんだって似たような境遇にいたじゃないの。私たちがどういうところで育ったのか、忘れちゃったの？」

アナクスはどうにか顎の力をゆるめた。「コンスタンスは僕の妻だ。僕には彼女を守る義務がある。アテネの上流社会に妻を引っぱり出すなど、良心が許さない。あの連中は彼女を生きたまま食べてしまうだろう。衣装をなんとかしたくらいでは、どうにもならないに決まっている」

「また鮫の比喩なの？」

「考えるまでもない話だ」アナクスの口調にますます熱がこもった。それとも感情に乏しい妹の前で、害のない程度に癇癪《かんしやく》を爆発させているだけなのだろうか？「おまえがなぜそんなことを言うのかわからない。コンスタンスがおまえになにをしたというんだ？」

ヴァシリキは長い間、兄を見つめていた。アナクスは身構えていたが、妹はタブレットをふたたび目の前に持ってきて操作し、別の話題に移った。

その夜、アナクスは島に行くつもりはなかったのに、気づくと島にいた。そして妻を見つけた。予想とは違ってコンスタンスはダイニングルームではなく、寝室のそばにあるこぢんまりした居間にいた。

妻の姿を見てなぜ胸に小さなぬくもりが生まれたのか、彼にはわからなかった。コンスタンスは本当に島の家で暮らしているのだと思って、うれしかったのだろうか？

「マリアはあなたが来るなんて言わなかったわ」アナクスがドアを開けたとき、コンスタンスが警戒したように言った。小さなテーブルに手をついて立ちあがった彼女は、後ろめたそうな顔をしていた。

アナクスはテーブルに積まれた本を見た。トレイにはいつものごちそうではなく、スープと焼きたてのパンがのっていた。

「これだけの本を隠し持っていたのか？」アナクスは尋ねた。「読んでいるところを僕に見つかりたくなくて」

「あなたって本当に迷惑な人ね」コンスタンスが小さな声で言った。「本は前から読んでいるわ。読書を趣味にしたらどうかとあなたにほのめかされたときは、生きている限りもうひと文字も読むもんですかと思ったけど。ええ、あなたには本を読んでいるところを見つかりたくなかった。あなたの蔵書をこっそり読破するのを楽しみにしていたのに」

「そんなことをしてなんになる？」

「あなたが間違っていると思い知らせたいわけじゃないの」彼女がほほえんだ。その表情は聖母を思わせた。「私一人がわかっていればいいのよ。きっと生きてる限りなぐさめになってくれるわ」

アナクスは妻のほほえみに心を奪われていた。とても明るく陽気な笑みだ。アテネの舞踏会で鮫のような連中に囲まれながらほほえむコンスタンスを想像してみたが、できなかった。

やはり僕は正しい判断をした。間違いない。

「スタヴロスに、僕が最近島に来ないと愚痴ったのかい？」アナクスは部屋の中へ入り、ソファに身を投げ出した。そこに放り出してあるカシミアのブランケットは、妻が使っていたのだろう。

コンスタンスがパンをちぎり、スープにひたしながら彼をじっと見つめた。「愚痴なんて言ってないわ。祖母はよく、不平を言う人は手遅れになるまで本当に欲しいものを口にできない臆病者だと言ってたもの。アナクス、あなたはどうか知らないけど、私は臆病者にはなりたくないの」

「そうか」

彼女が目をそらして食事に戻った。「それに、なぜ私がスタヴロスに愚痴を言うの？　あなたのために働く人にそんなことをしても意味がないわ」

「妹がそう言っていたんだ。いや、〝スタヴロスが言ってた〟と話していた」

「妹さんは、警備責任者と会って話をする機会を作りたかったんだとは思わなかったの？」コンスタンスが顔を上げ、無表情のアナクスを見てまたほほえんだ。「ねえ、アナクス。ご自慢の鋭い直感はどこへいったの？　妹さんとスタヴロスがお互いに夢中なのがわからない？」

「スタヴロスは決してそんな――」しかし、彼は途中で口をつぐんだ。スタヴロスに限ってありえないが、ヴァシリキは違う。妹は僕にどう思われても気にしない。

コンスタンスが肩をすくめた。「どうして？　つき合うのに反対だから？　アナクス、あなたは自分が幸せになることに興味がないのかもしれない。だから、ほかの誰も幸せになってはいけないと思ってるの？」

その日の夜、入浴後の娘と過ごしたわずかな時間を除けば、アナクスは自分が島に来た理由を一つも思いつけなかった。急いで帰る理由はもっと思いつけなかった。

それからの数日、妹とスタヴロスのようすを観察していると、二人は必要以上に互いを意識している気がした。二人に会う機会がずっと少ない妻のほうが、自分が察知しておくべきだったことを察知していたのが気に入らなかった。

だが、どうするのか考える時間はなかった。年末年始にはイベントが目白押しだった。いつものように最初のイベントは、アテネの中心部で開催される豪華な舞踏会だ。ヴァシリキは兄に以前の会話を思い出させるためなのか、ウェブ上の共有のカレンダーに大文字で予定を書きこんでいた。

いつものようにアナクスは身支度をするため、その日の会議を早めに切りあげた。着ていく服には気を配っていた。ファッションは頭の空っぽな女性たちの専売特許のように語られるが、力のある男性たちは自分の服装にものを言わせるのを、彼は早くから学んでいた。ときには、服装から交渉につながることもあった。

しかし今夜は望む会話と避けたい会話、許可する写真と許可しない写真について考えるのではなく、なぜコンスタンスの存在を公表したがらなかったのかを考えていた。妹は正しい。僕はこういうイベントにとっくに飽き飽きしている。何度も同じ人と同じ会話をするのにはうんざりだ。

女性につきまとわれるのにも辟易《へきえき》していた。若いころなら不愉快とは思わなかっただろうが、悪質な報復をされるずっと前からデルフィーヌにはさんざんな目にあわされてきた。

舞踏会へ向かう車の中で、アナクスはめずらしく元恋人に思いを馳《は》せた。誰の目にも明らかな形で彼女に復讐《ふくしゅう》したいという気持ちが、胸に大きくわだかまっていた。そうすれば、誰も僕に対してなにか仕掛けてくる気にはなれなくなるだろう。

なのに……どうして娘を世間から隠しておきたかったんだ？

アナクスは娘と離れたくなかった。本心からそう思っていた。ナタリアは歩きはじめ、言葉をしゃべるようになっていた。見るたびに娘は成長していく。顔さえ違って見えるほどで、彼は我が子の変化に気づきたくてもずっとはそばにいられない現実に腹をたてていた。

子供を持つことを強く拒否してきたのは、これも理由の一つなのかもしれない。娘のためなら、僕は地球を粉々にするのもいとわない。ナタリアが幸せでない限り、僕も幸せではないのだ。あのぽっちゃりした二つの手と、よく見せる頑固そうなしかめっ面と、そしてすでに母親そっくりのほほえみが僕のすべてなのだから。

デルフィーヌにどんな復讐ができるだろう？

アナクスが元恋人について知っている事実は少なかった。彼女は幸せな女性ではなく、望んでいたのはアナクス自身ですらなかった。望んでいたのは彼を形作っているもの、つまり地位と財産だった。アナクスほどの立場にいる男の妻になること——それがデルフィーヌの願いだった。

デルフィーヌがベッドで本当に楽しんでいたのかどうかさえ、アナクスには定かでなかった。表面上は楽しんでいるように見えた。しかししだいに相手が快楽を求めているとは思えなくなり、彼は関係を終わらせたのだった。

デルフィーヌのどこまでが演技で、どこからが実際の反応だったのかわからなかったのだ。

娘のことを考えるたびに覚える人生を一変させかねない感覚は、またまったく別のなにかだった。人がそれを愛と呼ぶのは知っていたが、アナクスには愛よりもはるかに深いものに感じられた。もっと恐ろしく、もっと完全なものに。

それが体の隅々に刻みつけられている気がした。

その事実が恐ろしかった。

ある瞬間までアナクスはアナクスだった。だが生まれてきた娘がコンスタンスの胸に抱かれているのを見たとたん、彼は永遠に変わってしまった。

どれを取っても気に入らない出来事だ。

とはいえその日にアナクスの人生は一変し、後戻りはできなくなった。彼は娘を守り、娘の幸せのために人生を捧《ささ》げるつもりだった。

デルフィーヌに復讐する必要はない。大切なのはナタリアだからだ。それと、僕と同じくらい娘を愛しているコンスタンスも。

彼女にはもう少しでキスをするところだった。あのとき廊下は暗く、妻からはいい香りがして、二人の距離は近かった。だから僕は欲望に駆られて――。

そこで我に返り、アナクスは古今東西の神々に感謝した。

舞踏会に招待されたとき、自分がデルフィーヌの顔を思い出せなかったのに彼は気づいた。親しかった女性たちの顔も同様だった。多くの女性が非難したように、僕は彼女たちに無関心だったのだ。

最近、よく目にしているのは琥珀《こはく》を思わせる瞳と、そばかすの散らばった鼻と頬と、そしてとてつもなく魅力的なほほえみを持つ女性一人だ。

その事実に、アナクスは不満を覚えた。だがほかの女性の顔を思い浮かべようとすればするほど、コンスタンス以外の女性について考えるのが久しぶりなのに気づいた。納得できない事実だ。

受け入れられない事実でもある。

そもそも半分しか本当ではないだろう、と心の中の声が訴えた。

アナクスはそれを無視して、見覚えのある顔に会釈をしながら人々の輪の中に入っていった。

妹とでくわし、立ちどまらざるをえなくなったとき、彼は笑みを浮かべた。

「来たのね」華麗に着飾ったヴァシリキが、鋭い一瞥《いちべつ》を兄に送った。「寂しそうね、兄さん。いつも以上に寂しそうだわ」

アナクスは妹に心を読まれたくなかった。ヴァシリキのことは頼りにしているが、いやなものはいやだった。今夜はいつも以上に不快だった。

「これが僕の自然な姿なんだ」彼はかっとなって言い返した。「それに僕に合っている。おまえも同じだろう？　それとも僕が勘違いしているのか、ヴァシリキ？　おまえは兄に合わせて孤独なふりをしているだけなのか？」

だが、アナクスの攻撃は失敗した。ヴァシリキは顎を動かさずに大きなあくびをしてみせた。その目は小揺るぎもしていない。

「私の孤独について話し合うために、兄さんのスケジュールを調整しましょうか？　兄さんにしか私のカウンセリングはできないもの。最近はいろいろ環境の変化があったし。とりあえず、兄さんの今夜の相手を紹介させて」

アナクスは妹の言葉を一蹴しようと口を開いて、部屋の空気がなくなったのかと思った。

ヴァシリキが後ろに手をやり、背中に隠していた人物を引っぱり出したからだ。

息ができなくなるほどの強い衝撃を下腹部に食らったのは久しぶりだった。しかし、男なら忘れられる感覚ではなかった。

「兄さん、あなたの妻を紹介できて光栄だわ」ヴァシリキはお辞儀をした。「コンスタンス・イグナテイオス、こちらがあなたの夫よ」

最初からそのつもりだったのか、それとも兄の顔を見たからなのか、ヴァシリキが貴重な賞品を手に入れたようなほほえみを浮かべて姿を消した。

残されたアナクスは妻をうっとりと見つめるしかなかった。自分の妻を。

驚いたことに、コンスタンスは田舎くささも初めて出会った日の素朴さもなくなって、まったくの別人に変わっていた。彼の心の一部は、妻が好んで着ていたスウェットシャツとカーゴパンツが懐かしかった。あの気さくさが恋しくもあった。

だが、残りの部分は目の前の女性に夢中だった。

「わかってるわ」コンスタンスが唇をゆがめた。「ヴァシリキをとめられなかったの。彼女はスタイリストたちを引き連れてきて、私をシンデレラにすると言った。だからあなたは王子さまになりたいか、カボチャになりたいか決めてちょうだい」

アナクスの中ではなにかが起こっていた。恐ろしいウイルスが急速に体内に広がっているのだろうか？　胸が苦しいのは肋骨《ろっこつ》が食いこんでいるからか？　心臓は激しく打ち、目もおかしい。

妻から視線をそらせないのだから。

そのとき、アナクスはあることに気づいた。

僕がコンスタンスを島に閉じこめておきたかったのは、彼女が仮装したり、みすぼらしい服を着たりするからだと思っていた。だがコンスタンスが生い立ちを語ることで言いたかったのは、子供時代がどれだけまずしく悲惨でも関係ないということだった。

それがわからなかったのは、わかりたくなかったからだ。僕はずっと真実を知っていた。

ヴァシリキはアイオワ州ハルバーグで見つけた石ころを、ダイヤモンドに磨きあげていた。

コンスタンスは島にいたときとは全然違っていた。メイクもマニキュアも完璧で、着ているドレス、靴、手に持っているバッグも申し分ない。

そしてまさに光り輝いていた。

アナクスは、今夜のコンスタンスも仮装しているにすぎないとごまかせずにいた。ファッションにはできることとできないことがある。これは変身の域ではない。これが本当の彼女、教会の奥の教室で見た女性なのだ。

まわりにはその美しさから気をそらしてくれるものが一つもなかった。

体にぴったりとしたドレスはとても深みのある紫色で、コンスタンスを上品に洗練された姿に見せていた。身につけているもののせいで美しさが際立っている。アナクスは妻を称賛している自分が気に入らなかった。

それとも、舞踏会にいる誰もがコンスタンスを称賛している気がしていらだっているのだろうか？

「おいで」彼は不機嫌に誘った。「踊ろう」

彼女が冗談を言われたように笑った。「私たちが？」

「でないと、君に会う価値のない者を紹介しなければならなくなる」頭の中には社交界に仲間入りするため、長年苦労して礼儀作法をたたきこんできた記憶がよみがえっていた。それはつらいとき、なりたい理想像を思い出させてくれた。彼は手を出し、頭を下げた。「踊ってもらえないかな、コンスタンス」

彼女の笑みが大きくなり、喜びにあふれたのがわかった。妻は今夜のパーティがビジネスに関係あるとは知らないのだ、とアナクスは気づいた。美しく着飾るのも、ニワトリの格好をするのと変わらないと思っているらしい。

しかし、アナクスは息が苦しかった。

手がコンスタンスの手を包んだとき、体の中でなにかが変わった気がした。人々の間を抜ける拍子に彼女が寄りかかってきたときも、自分にしかわからない彼女の香りをかいだときも、いつもは避けているダンスフロアに彼女を引っぱっていったときも……。今、妻は腕の中にいた。

つまり、アナクスはコンスタンスにいちばん近い場所にいた。

「あなたはラッキーだわ」彼女が陽気な声をあげて夫を見た。「実は私、ダンスが得意なの。祖父母は夜になると、キッチンでラジオを聴きながら踊っていたのよ。床板がきしむ音がするたび、私はこっそり階段をのぼって頬を寄せ合って踊る二人のダンスを見に行った」

当時を思い出したのか、コンスタンスがまたほほえんだ。記憶が呪いではなく喜びとなる人生とはどんなものなのだろう、とアナクスは思った。彼が動き出すと、コンスタンスも合わせて動いた。アナクスは今後、ほかの誰かと踊る日がくるとは想像できなかった。

「ダンスは祖父が教えてくれたの。祖母はいつも言ってたわ、女性は男性にリードしていると思わせておくことが大切なのよって」

「君のお祖母《ばあ》さんはとてもすてきな女性だな」アナクスはなんとか言葉を絞り出した。

「みんな、祖母を尊敬すると同時に恐れていたけどね」コンスタンスが明るく言った。「でも私は大好きだった。今でもそうよ」

彼女にとって思い出とは心を温めてくれるものなのだ、とアナクスは思った。僕にとって思い出とは、怒りの火をかきたてるがらくたにすぎないが。

アナクスは会話を続けることも、二人の過去を比べることもできなかった。できるのはダンスだけだった。コンスタンスが腕の中にいるからだ。

音楽を聴きつつ彼女を見つめていると、自分に嘘《うそ》をつく必要はなかった。ここにいない娘に注意を向ける必要もなかった。

目の前にはコンスタンスしかいなかった。

妹が用意した美しいドレスの輝きも、その瞬間は目に入らなかった。アナクスに見えていたのは真実だけだった。

舞踏室からバルコニーの一つにコンスタンスを連れ出しながら、彼はその真実について考えた。

バルコニーでようやく、アナクスは彼女の美しい顔にいくつそばかすがあるのか数えようとした。

しかしその前に、コンスタンスが顔を上げてアナクスを見つめた。すると、彼はあまりにも長い間否定してきた新たな真実を突きつけられた。

僕は彼女が欲しい。

おそらく口に出して言っていたのだろう、コンスタンスの目が大きく見開かれた。

ついにアナクスは身を乗り出し、コンスタンスの魅惑的な唇を奪った。

8

アナクスの男らしい唇が近づいてきて、コンスタンスの唇に重なり、すべてを変えた。

頭の中が真っ白になり、彼女は自分がどこにいるのか、なにをするつもりだったのかも忘れた。ガラス一枚隔てた先に、舞踏会に来た人々がいるのも。深く熱い情熱の奔流になにもかもが押し流された。

次の瞬間、あることを理解して衝撃を受けた。

自分にとって目の前の男性がどういう存在なのか。ほぼ一年間、理解できないふりをしてきた、彼に対する反応はなんだったのか。

アナクスに抱きしめられてキスをされている間、コンスタンスの脳裏には次から次へと過去の光景が浮かんでいた。ハルバーグの教会に現れた瞬間から、アナクスには気づいていた。目が離せなかった。

そのときも今と同じくらい激しい衝撃を受けた。まるでアナクスが話しかけてくる前から彼が誰なのか知っていたような、おなかの中の赤ん坊が自分の父親だと察知したかのような錯覚に陥った。

ひょっとしたら体がなんのためにあるのかを、私は生まれて初めて正確に理解したのかもしれない。

出産を間近に控えた体が。

けれど自分の身に起こった不可解な反応を、私は妊娠のせいにして懸命にごまかした。心の奥では違うとわかっていても。

コンスタンスはぼんやりした意識の中で、ガラスドアの向こうにある舞踏室の雑音が変化しているのに気づいた。それでもキスをやめてほしくなくて、唇を開いてアナクスに押しつけた。

すると、体の中でなにかが爆発した。それはこれまでずっと望みながらも、自分は一度も経験することはないと思っていたものだった。

アナクスが顔の角度を変えてキスをより深めたとき、コンスタンスの脳裏にふたたび過去の光景が広がった。

出産直後、彼女が自分の体に目をやると、ナタリアが――小さな娘がいた。

病院のスタッフが赤ん坊を胸に抱かせてくれたとき、コンスタンスは感極まった。陣痛に耐えてこの完璧な人間をこの世に誕生させたことで、大きく成長できた気がした。

顔を上げたコンスタンスは、アナクスと目が合った。彼は分娩室《ぶんべん》でじっとこちらを見つめていた。

そのときのアナクスの顔に強い感情が浮かんでいたのを、彼女は絶対に思い出さないと決めていた。あまりにも強烈で生々しく、耐えられなかった。

心は深く揺さぶられていた。


舞踏室の外のバルコニーで、アナクスが身を離した。顔に浮かべている感情は出産のときと同じだ。

ありえない。

ずっと自分の中にあったものの正体に気づき、コンスタンスはキスをされたこと以上に驚いていた。

ついに私は理解した。

彼も同じかしら？

アナクスは一生にも思えるほど長い間、コンスタンスを見つめていた。それから彼女を熱気と会話と音楽にあふれる舞踏室へ戻した。ふたたびダンスを始めた彼は、暗闇の中で妻にキスをしたことをごく自然な行為だと思っているようだった。

コンスタンスはバルコニーに目をやり、思っていたよりもそこが明るかったのに気づいた。ここにいる人たちが私たちのキスを見ていた可能性は高そうだ。私は恥ずかしがったほうがいいのかもしれない。

けれど、彼女はそうすることができなかった。

全身には興奮と欲求がどこまでも広がっていた。これこそ彼女がアナクスにずっと望んでいたものだった。

「そんなふうに見つづけるなら」彼が深く響く声でうなるように言った。「この部屋にいる全員が君を、僕とベッドへ行きたがっている奔放な女性だと思うだろうな」

コンスタンスは唇にまだアナクスの味が残っていることと関係があるのかもしれないと思った。みんなが言うように運命の男性を待たずに子供を産むと決める前のコンスタンスは、今のコンスタンスとは違っていた。町にいる間鼻で笑われ、眉をひそめられながらがんばってきたコンスタンスとも。この一年はアナクスを迎えながら、眠れぬ夜を何度も過ごしてきた。そしてそのたび、原因はすべてホルモンの働きであり、ほかはありえないと自分に言い聞かせてきた。

過去の自分も自分であるとはいえ、コンスタンスはもはや昔と同じではなかった。過去の自分の上に今の自分はいた。

だから、彼女はアナクスのほうを向いた。彼の視線を受けとめて片方の肩を上げ、かすかに下ろす。

「彼らは正しいと思うわ」

アナクスの欲望に火がつくのを見るのは大きな喜びだった。

その反応は彼の目の奥から始まり、広がって、全身を支配した。

「お嬢さん《コリッツィ》」アナクスがうなった。

なにが起こっているのかコンスタンスがわからないうちに、アナクスが彼女の手を取り、ふたたび舞踏室を歩き出した。今度はバルコニーとは反対方向に向かい、途中で妹にそっけなくうなずいた。ヴァシリキはとても裕福そうな人たちと巨大な柱のところにいた。そばには警備責任者が控えていた。

アナクスがコンスタンスを外に連れ出すと、目の前に車がとまった。彼女は不思議には思わなかった。この男性のまわりではすべてが計算されたように動く。地球も彼の命令で回転しているのではと錯覚してしまいそうだ。

保守的な先祖たちが怒り出すとしても、コンスタンスはなりゆきに身を任せようと決めていた。車の後部座席にすべりこみ、まるで生まれたときからそうしているというように身を落ち着ける。体はまだ興奮していて、アナクスに触れられたところは熱をおびていた。唇も熱く、もっともっとと求めていた。

アナクスが運転手にギリシア語でなにか言った。同じ後部座席に座っている彼はとても大きく、とても男らしくて、空間の大部分を占めている気がした。夫が車のドアを閉めたとき、コンスタンスは運転手との間に仕切りがあるのに気づいた。それは今、完全に上がっていた。

だからアナクスの膝の上に引きよせられても、彼女は抵抗しなかった。礼儀をわきまえる必要も、誰かに見られたりなにか言われたりするのを気にする必要もない。あとで噂《うわさ》話をする人もいない。

コンスタンスの下にはただアナクスの固い体があった。すばらしいことに、彼の唇がまた唇に重なった。

二人で舞踏会にいた間はずっと自制していたことを、アナクスが実行した。コンスタンスは今回もキスの虜《とりこ》になった。

妻の顔を両方のてのひらで包みこむと、彼は完全に主導権を握った。そして彼女にすべてを教えはじめた。

夫の唇ができることを理解するには、キスという言葉はあまりにも簡単で平凡だとコンスタンスは思った。アナクスがうなり声をあげるまでキスを返す方法も、言葉では言い表せなかった。

彼女は情熱の炎をかきたてられ、体がうずくのを感じた。気づくともっと距離を縮めたくて、彼の膝の上で身もだえしていた。夫の腕の中で生まれ変わったこの体で、いろいろ挑戦したかった。

「気をつけないと」アナクスがつぶやいた。「運転手が驚いてしまう」

コンスタンスは、夫がなにを言っているのかわからなかった。けれど、ヒップの下に彼のもっとも硬い部分を感じてうっとりした。

男の人が硬くなるとはどういうことかは知っていた。本を読んでいたからだ。ハルバーグでひそやかに暮らしていても、人々と同じ世界に生きていたからテレビや映画は見ていた。

しかし夫の体の反応を自分がどう感じるのかについてまでは、理解できていなかった。どうしてアナクスの下腹部が驚くほどこわばっているだけで、私の体は震えてとろけ、熱くなったり冷たくなったりするのかしら？

そのすべてがすばらしい理由はなに？

すごいわ、とコンスタンスは思った。人々が味わっているこんな気分を、私は全然知らなかった。

アナクスがコンスタンスの唇に向かって呪文のような言葉をつぶやき、彼女を持ちあげて自分の横に座らせた。そして、恐ろしいとしか言い表せないまなざしを向けた。けれど、コンスタンスは自分が誇らしくてたまらなかった。

「君は僕に恥をかかせる気だな」アナクスが言った。

「その言葉が私を懲らしめるためなのはわかる」彼女は口がきける自分に驚いた。「でも、あなたがなにを言っているのかさっぱりわからないわ」

夫が一瞬、考えこんだ。あることに気づいたかのような反応だった。

「それじゃ、君は本当に誰にも体を許したことがないんだな」声には畏敬の念に似た響きがあった。三十歳にもなってバージンなのは恥ずかしかったけれど、ほかならぬアナクスに知られるのは気にならなかった。

夫が自分を見る目には欲望があったから。

コンスタンスはうなずいた。「でも、明日からは違うわ。だから今は……ちょっと感動してる」

その言葉で心配になったのか、アナクスが顔をしかめた。彼の目の中にある情熱の炎が変化したように見えた。

彼女はそうなった理由を心から知りたかったけれど、情熱の炎を消したくはなかった。そこで手を伸ばし、夫の岩のように固い腿を撫《な》で、ズボンの縫い目を指でなぞった。

すると、彼が腹を殴られたかのような声をあげた。

「あの……」コンスタンスはささやいた。「私もあなたに触れていいのよね？」

アナクスが言葉にならない声を発した。小さいが、低くて深い。それから、ふたたび彼女は唇を奪われた。今度はいっそう荒々しかった。

車がとまったことに気づいたのは、アナクスが小声で悪態をついて離れたからだった。ギリシア語だったので意味はわからなかった。

ギリシア語を学ばなくちゃ、とコンスタンスは思った。娘がギリシア語を学ぶときに一緒に学べばいい。そうすれば夫の言うことが全部わかるようになるはずだ。

語学学校について考える時間まではなかった。アナクスがコンスタンスを車から降ろし、専用の出入口らしきところから見知らぬ建物の中へ案内したのだ。そこはきらびやかで、超高級ホテルを思わせた。彼はコンスタンスをエレベーターに乗せると、一つしかないボタンを押し、上へ向かう間、彼女をきつく抱きしめた。

コンスタンスは空でも飛んでいる気分だった。

つややかな扉が開いたとき、目に飛びこんできた居間は全面ガラス張りだった。部屋のどこからもアテネの街が見え、夜なので遠くの丘の上ではアクロポリスが輝いていた。どちらを向いても光と影に彩られており、空からこの古い都市を探検したくなった。子供のころに読みふけったギリシア神話を体で実感してみたかった。

振り返ると、アナクスがジャケットを脱ぎ捨てるところだった。ジャケットは芸術作品にしか見えない家具に引っかかった。

彼がふたたびコンスタンスに向かってきた。

「ここはなに？」彼女はきいた。

「僕のアパートメントだ。ほかにどこへ行く？」

「ものすごく豪華なホテルかと思ったの。そういう場所にはあなたみたいな人たちだけが使える専用の入口とエレベーターがあって、部屋はガラス張りだって本で読んでたから――」

「コリッツィ」アナクスが立ちどまった。「僕以外、ここに人はいない。証明させてくれ」

彼がコンスタンスを腕に抱きよせて、また深く激しく口づけした。彼女は頭がくらくらしてわかっていなかったが、夫がこのガラス張りのアパートメントの中を自分をかかえて歩いているのは理解できた。白く輝く廊下を通り、ガラスとクロムの中にオニキスがアクセントになっている広い寝室に入る。

そこにあるすべてがうっとりするほど美しかった。

アナクスが目の前にいたため、コンスタンスはそれ以上寝室について考えられなかった。彼の顔を見ていると胸が締めつけられた。アナクスについては気づかないふりをしていたり、よく知っていると思っていたりする部分があったけれど、私がまったく知らない部分もあったのだ。

背筋を興奮が駆け抜ける。

コンスタンスは口を開いた。「この長い一年、私は全然わかっていなかった……」

アナクスはなにも言わなかった。ただ、表情がより険しく猛々《たけだけ》しくなった。ありえないほど官能的だわ。彼女の中のなにかがささやいた。

「私、あなたが島に来るのが楽しみだった」思いきって口にした。「あなたがいないと恋しいとさえ思っていた。今まで慣れ親しんでいたものから引き離したあなたを憎むべきなのに、私はヘリコプターの音がしないかと毎日耳をすましていたの。あなたが来たら、全然気にしていないところを見せつけられるでしょうって自分に言い訳しながら」

アナクスはすぐそばにいた。街の明かりがきらめく暗い部屋の中で、コンスタンスの目の前に立っていた。彼女は空中ブランコに乗るような、あるいは全力疾走で綱渡りをするような勇気を出し、彼に両手を伸ばして胸を撫でた。

触れた瞬間に衝撃を感じて手を引っこめ、もれそうになったあえぎ声をのみこんだ。顔を上げると、アナクスはまだ同じ表情でコンスタンスを見つめていた。まなざしは熱く、危険で……彼女を促していた。

コンスタンスは安らぎと、体が熱くなるのを感じた。

彼女は両手をアナクスのたくましい胸に戻し、咳《せき》ばらいをした。

そして顔を上げて、もう一度夫を見た。「私は出会ったときからあなたが欲しかった」口にした言葉は誓いのようだった。「あなたが教会に現れた瞬間、私は思ったの――〝運命の男性だわ！〟って。その本当の意味を、長い間わからないふりをしていた。たぶん、なにもわかっていなかったんだと思う。今夜まではね」最後まで言えるかどうか、自信はなかった。けれど言葉はとめられず、アナクスは彼女を見つめつづけていた。だから勇気を出して言った。

「でも今はすべてを知りたいの、アナクス」

「では、君の願いをかなえよう、いとしい妻よ」彼が低い声で言った。その声の荒々しさに、彼女の肌はざわめいた。

コンスタンスは二人の間にあるあらゆるものが燃えあがり、業火に包まれている気がした。息を吸っても吐いても震えがとまらなかったけれど、ある部分ではその反応を歓迎していた。アナクスに抱きあげられ、ベッドへ放り投げられたかった。それに、彼にも自分の横に身を投げ出してほしかった。

ところが、夫はもっとすばらしいことをした。アナクスが手を伸ばし、親指でコンスタンスの唇をなぞってから、手を彼女のまとめていた髪に差し入れた。そして髪をほぐして下ろし、彼女は編みこんであった花の香りをかぎ取った。

ドレスに視線をそそいだアナクスの表情は官能的で、コンスタンスはまた震えた。けれど、そんな反応も悪くない気がした。

コンスタンスを後ろに向けたアナクスは、両手を彼女の体に添えたまま、ひと言も口をきかなかった。コンスタンスは窓からアテネの街並みを眺めた。一歩踏み出せば、街へ向かってどこまでも落ちていき、新たな遺跡の一つか、風に乗って街に響きわたる歌か、たった一人の男性に崇拝される女神になれるという空想をした。

ゆっくりと、コンスタンスの震える息に合わせるかのように、アナクスがドレスの背中のファスナーを下ろしはじめた。ファスナーが最後まで下り、ドレスが彼女の足元に落ちたとき、アナクスが称賛の深いうなり声をあげた。

彼がコンスタンスを自分のほうへ向けると、彼女は息が苦しくなった。ドレスの下にはビスチェと、あまりにも実用的でないTバックショーツしかつけていなかった。はいたときは冗談かと思ったけれど、今は魔法みたいな効果を発揮していた。アナクスもそう思っているのがわかった。

彼がなにか言った。ほとんどギリシア語しか発しないその声は愛撫《あいぶ》のように肌をすべり、感覚を高ぶらせた。コンスタンスはうめき声をあげ、身をわななかせ、ため息をついた。

アナクスの言葉はよくわからなかったが、彼の手は体のあらゆる部分に感じていた。

なにを言っているのか理解する必要はなかった。夫がコンスタンスの体をあがめ、自分のものだと主張し、興奮しているのは伝わってきた。ギリシア語を話せなくても、彼が妻をすばらしいと思っているのも。

コンスタンスはそれがうれしかった。

口をつぐむと、アナクスは彼女の体のほとんどを撫でてから、生まれたままの姿にした。

そして初めて、コンスタンスを抱きあげてベッドへ運んだ。そこに横たえ、これほど美しいものは見たことがないという顔で彼女を見おろした。

コンスタンスは夫の表情を信じた。

自分の服をはぎ取る間も、アナクスは妻から目を離しはしなかった。彼の男らしい美があらわになると、今まで理解できなかったことがはっきり理解できた。なぜ男性はそういう姿をしているのか。なぜ固く引きしまった筋肉のついた彼の胸に触れ、顔をうずめたくてたまらないのか。

アナクスを感じ、匂いを吸いこみ、ぬくもりに身をゆだねて、徹底的に彼を堪能したい。夫のたくましい体をたどり、誇らしげに存在感を見せつける彼のもっとも際立った部分に触れたかった。

けれどコンスタンスがそうする前に、まるで心を読んだかのように、アナクスがベッドに身を乗り出した。それから彼女の腿の間に身を置き、両方の脚を大きな肩にかけた。

「ずっと君を味わってみたかったんだ」彼がうなり、本当に舌を這《は》わせた。

しばらくの間、コンスタンスは完全に我を忘れた。考えることも、なにがどうなっているのか分析することも、過去を思い出すこともなかった。

アナクスはコンスタンスのいちばん敏感な場所に口をつけて、舌で愛撫していた。妻を見つめながら、まるで今まで食べたことのない甘いデザートだというように夢中になっていた。

永遠にも思える時間がたった気がしたけれど、実際はあっという間で、コンスタンスは背中を弓なりにした。雷雨に打たれるままになるしかない気分だった。ひたすら嵐が通り過ぎるのを待つしか。

全身が熱い歓喜にさらわれていた。

「コリツィ、君は完璧だ」アナクスがそうつぶやき、彼女の体にキスをしながら上へ向かった。

彼はおへそでとまり、片方の胸でまたとまった。

そしてもう一方の胸でも。その場所にキスをし、ふくらみの重さを手ではかり、胸の先を激しく刺激する。コンスタンスは自分の体が強烈かつ官能的な喜びを求めていると知った。この十カ月間、授乳のためにしか胸を使ってこなかったことが信じられなかった。

コンスタンスはアナクスに体とはすばらしいもので、中でも彼の体は最高だと言いたかった。しかしアナクスがもう一度深く激しく唇を重ねたので、彼女は夢中になってキスに応えた。

とうとう、コンスタンスとアナクスが一つになる瞬間が訪れた。彼のシルクを思わせる熱い部分が、先ほど味わいつくされて敏感になった場所に押しあてられる。

その感触に、コンスタンスはふたたび途方もなく興奮した。アナクスが信じられないほどゆっくりと体を進めていく。

コンスタンスは腰を動かそうとしたけれど、アナクスは笑って彼女の位置を調整し、少しずつ身を沈めてきた。

コンスタンスが目を開けると、アナクスが見つめていた。先ほどまでの激しさは嘘《うそ》のように消えている。彼はとても注意深く奥をめざし、コンスタンスが痛みに襲われるのを待った。だが、なにも起こらなかった。

アナクスがふたたび動いた。

彼は深くコンスタンスを満たし、彼女の体をぴったりと引きよせた。コンスタンスは胸を高鳴らせ、荒い呼吸を繰り返した。気づいたときには夫の胸に拳にした両手をあてて、顔をたくましい筋肉に押しつけたいという衝動に駆られていた。匂いをかいで、舌を這わせたかった。そうすることが正しく、気持ちのいいことで、自らの望みだと思った。

コンスタンスはアナクスのすべてを自分のものだと感じていた。特に彼のいちばん男らしい部分を。

アナクスがコンスタンスのもっとも秘めやかな場所を撫でた。二人はほんの一瞬、動かずにじっとしていた。

彼がまたコンスタンスに呼びかけた。コリツィと。

もし彼女に返事ができたなら、そうしていただろう。

ところがアナクスが動きはじめた。ふたたびコンスタンスが知っていると思っていたなにもかもが粉々に砕け散り、違う形になって戻ってきたかのような感覚が訪れた。よりよい形になって。

アナクスを受けとめつつ、コンスタンスはようやく理解した。自分にとって夫がどういう存在なのか、彼がなにを感じていたのかを。

これはなんなのか。私は何者なのか。

どれも声に出せなかった。言葉にすることができなかった。

コンスタンスはただアナクスに合わせて腰を持ちあげた。彼女はそれしかできなかった。まるでアナクスとなにをするべきか、体はずっと前から知っていたかのようだった。

今のほうがずっと気持ちはよかった。コンスタンスは炎と熱の嵐の中で我を忘れていた。

アナクスが〝一緒にのぼりつめよう〟と言う必要はなかった。二人は同時に恍惚《こうこつ》の淵《ふち》に身を投げた。何度も何度も、彼らのためにつくられた宇宙を駆けめぐり、星々の間を漂っている気分になる。まるで体の中にこれまで封じこめられていた星屑《ほしくず》がついに自由になり、戻るべき場所に戻ってきたみたいだ。

現実に戻るのはひと苦労だった。

アナクスと一つになっていない現実に納得するのはむずかしかった。深い悲しみすら覚えた。

アナクスがコンスタンスのそばで寝返りを打ち、彼女の頬を撫でた。

彼がささやいた。「どうしてまた君が欲しくなっているんだろう?」

「すぐにはできないわ」コンスタンスはささやき返した。

夫の笑い声は危険で、わくわくした。

それは始まりにすぎなかった。

明け方の光が窓の向こうの街に忍び寄るころには、コンスタンスは自身が星屑になったような、自分が自分でないような生まれて初めての感覚を味わっていた。

今なら納得できた。私たちは望むなら、好きなだけこういう経験ができる。いつでも。

なにもかもうまくいくのでは?

この結婚も、この人生も、今の状況も。自由に選べたとしても、私は今夜に続く選択をした気がする。

毎日でも同じ選択をしたはずだ。ありえないけれど、一年前のクリスマスイブに教会にいたときもそれがわかっていたらよかった。そういう道があると知っていたらよかったのに。

ベッドを出てアナクスをさがしに行こう。彼にこの高鳴る胸の思いを伝えるのだ。

ところが、夫はどこにもいなかった。

そのあと、ヘリコプターがコンスタンスを島へ連れて帰るために着陸した。

アナクスなしで。

私は王子さまとではなく、魔法をかけられたカボチャかなにかとずっと一緒にいたのかしら？

シンデレラは王子と彼が暮らす街から離れ、みすぼらしい服と一人ぼっちの生活に戻らなくてはならなかった。

9

それから一週間、アナクスは島とコンスタンスから離れていたせいでろくに眠れなかった。会議では心ここにあらずだったし、なにが見えるのか恐ろしくて鏡は見たくなかった。アルコールに溺れようかとも考えたが、実行はできなかった。

アルコールに溺れたらよく知っている堕落が待っているとわかっていて、そんなことを思いついた自分が許せなかった。

二週間が過ぎるころには、アナクスは自分を徹底的に憎んでいた。しかし、どうすることもできなかった。ナタリアとは、マリアに言ってビデオ通話をした。だが、娘の母親についてどんなささいな情報でも得たいとは思っていないふりをした。尋ねることもしなかった。

すでに毎晩のようにつきまとっている幽霊を――妻への執着を認めるよりはましだった。

代わりにアナクスは仕事に打ちこんだ。数えきれないほど世界じゅうを飛びまわった。毎日窓から外を眺めても、自分がどこにいるのかはわからなかった。会議室はどれもよく似ていた。時差ぼけと疲労があたりまえになるころには、胸の奥の空虚感はその二つのせいだと納得しかけた。

自分が逃げたかったのは、認めたくない真実を突きつけられたせいではないのだと。

コンスタンスに関して自身が立てていた誓いをことごとく破ってしまったという、受け入れがたい真実には目をつぶりたかった。

こうしてみると、僕は父親となにも変わらない。パラスケヴァス・イグナティオスはどんな約束も誓いも跡形もなく踏みにじっていた。その二つを笑い飛ばしては嘘《うそ》や言い逃れを駆使し、まわりの人間を納得させるためなら悪びれもせず都合のいい話を次から次に口にした。

自分も父親と驚くほど似たことをしている、とアナクスは気づいた。あの夜の出来事を頭の中で何度も繰り返し、別の記憶でぬりつぶそうとした。

許されないことなのに言い訳をしてごまかした。

眠るたびに見るのはコンスタンスの夢だった。その中ではあの夜の出来事や純真だった妻の姿がとても甘く、完全な形で再現されていた。そして苦しくなってあの夜と同じく彼女に向かって手を伸ばし、真夜中に目を覚ますのだった。

だがホテルのベッドの隣は空っぽで、シーツはひんやりとしていた。

目を覚ましている間でさえ、コンスタンスはアナクスを悩ませた。彼女に言われたことすべてが忘れられなかった。それでも最初からやり直すなど、想像すらしたくなかった。

初めて会った夜については、思い出せないふりをしたかった。あの熱気も、光も、小さな教会にひしめいていた人々も。穏やかにほほえむコンスタンスは彼の子を身ごもっていて、忘れてしまいたいほど美しかった。

コンスタンスが我が子の母親だという事実がいやでたまらない。彼女と結婚したことも。子供を傷つけずに、この状況から抜け出せる方法は考えられないからだ。

舞踏会の夜がくる前から、その事実は変わらなかった。僕はとっくに彼女の虜《とりこ》だったのだ。

「兄さんが彼女の虜に？」どこかの暑い国で会議を連続でこなしたあと、ヴァシリキがおうむ返しに尋ねた。アナクスにわかるのは熱帯特有の暑さだけだった。妹にそんなことを言うとは、僕は暑さで頭がおかしくなったのだろう。「服を着たほかの女性とは彼女ほど長い時間、一緒にいなかったのね。自分でも答えはわかってるでしょう？」

僕は服を着ているコンスタンスにも夢中だった。だが一糸まとわぬ姿になった妻を知って、夢中どころではなくなっている。

ベッドをともにすればどうなるのか、心のどこかでは気づいていたのかもしれない。これまで関係を持ってきたほかの女性たちとは違って、コンスタンスのことはもっと欲しくなると。

かゆいところがあるのに手が届かない気分だ。妻を求める気持ちは十倍にもなっている。

そんなことを口に出して言うくらいなら、死んだほうがましだが。

「きいてもいいか？」アナクスは妹に言った。ほほえむ兄を見て、ヴァシリキが目を細くする。「哀れなスタヴロスを解放してやる気はないのか？」

ヴァシリキが硬直した。「なんのことだかわからないわ」

「彼はおまえに関心があるとは絶対に言わない。おまえへの侮辱だと思っているからだ」形勢が逆転したのがうれしかった。「それとも、おまえは駆け引きを楽しんでいるのか？　猫とネズミみたいな。僕が誰を連想していると思う？」

兄をにらみつけたものの、妹は挑発に乗らなかった。「私は父親と同じじゃないわ」ヴァシリキが静かに言った。彼が目をそらすほど静かに。

アナクスは熱い羞恥心に襲われた。

「兄さんが父親を持ち出すとはね」妹が同じ調子で続けた。「私を負かしたくて、あの男を話題に出すなんて。同類だと心配しなければならないのは、私じゃないと思うわ」

ヴァシリキは兄にとっての最悪の恐怖を口にしていた。

眠れない夜を何日過ごしても、アナクスは真実を受け入れられなかった。しかしどこに行こうとどれほど国境をまたごうと、逃げることはできなかった。妹に打ち明けても、真実は変わらなかった。

どんなに飾りたてた言葉で言い訳をしようと、アナクスはコンスタンスが欲しくてどうかなりそうだった。たしかに彼女を肉体的に傷つけはしなかったが、それも言い訳にすぎない。

僕はコンスタンスには手を出さないと誓っていた。だがひとたび触れて、キスをしたら、我を忘れてしまった。

彼女が夢中になるほど魅力的だったから――いや、単に僕が夢中になっただけだろう。明るく燃える禁断の欲望の炎から、アナクスは目をそらせなかった。今でさえ、コンスタンスのことを考えるだけで、その炎が体を包み、自分を駆りたてるのを感じた。父親と同じ人間になれと。

そうしたら次にどうなるか。

アナクスの脳裏にある光景がよみがえった。血、すすり泣き。破壊され、床に散らばったもの。生傷の絶えない体。今にも襲いかかろうとこちらを振り返る怪物——父親。

子供時代はそれが日常だった。

ギリシアに戻っても、アナクスはコンスタンスと過ごしたアパートメントには行かなかった。コンスタンスが部屋のどこかに潜んでいて、自分を見ている気がするからだろうか。窓からアテネの街を見たら、彼女を思い出さずにいられなくなるからだろうか。

もちろん、島にも行かなかった。娘には痛いくらい会いたかったし、娘の母親にも会いたくてたまらなかった。

だが自分の要求と法律によって妻となった女性を、責めたくなかった。

代わりにある場所を訪れたアナクスの胸には、別の望みがあった。自分でも説明のつかない行動をしているのはわかっていた。

理由は判然としなかったが、彼は母親の家に来ていた。

できる限りの贅沢《ぜいたく》をさせたいと息子が願っても、エフゲニア・イグナティオスはいやがった。結局、母親はアテネに家族で移り住む前にいた、故郷の山麓の村に小さな家を建てることだけを許した。

アナクス自身はアテネで育っていたので、自分には都会の水が合っていると思っていた。アテネについてなら知らないことはない。だから長い間住んでいたスラム街や現在暮らしている高級住宅地を含めた、アテネの全貌を一望できる自分のアパートメントを気に入っていた。

車の窓から母親の暮らす小さな村を見たアナクスは、いつもとは違う気持ちになっている自分に気づいた。物事の中心だと考えている場所から――アテネから遠く離れているのが理由ではない気がする。今日の違和感は別のなにかだ。僕の胸に忍び寄っているこれは……動揺なのか？

アナクスは、母親の前ではつねに冷静でいる自分を誇りに思っていた。

母親の家の前で車から降りると、手を振って運転手を追いやった。母親は息子の富を喜ばず、その証拠が家の前にあって近所の人たちにとやかく言われるのもいやがった。

穏やかな冬の日差しを浴びていると、振り向くまでもなく母親の古い隣人が窓から外をのぞいているのがわかった。母親に挨拶する前に、僕の存在は村じゅうに知れ渡っているはずだ。

その瞬間、この村がコンスタンスの生まれ育ったハルバーグとさほど変わらないのに気づいた。トウモロコシ畑ではなく丘やヤギ、オリーブの木がめだつが、雰囲気は似ていた。

そんな比較をしてなぜ不安になったのか、アナクスは理由を説明できなかった。

ここでなにをしているのかわかっていなくても、彼は自分の決断に疑問を抱いて時間を浪費する男ではなかった。ドアまで行ってノックし、誰も出てこなくても驚かなかった。合鍵は持っているから中には入れた。ただ、母親は出かけるときにドアにわざわざ鍵をかける人ではないし、行きそうな場所は一つしかなかった。

鍵がかかっていないかどうか確かめるのはやめて、アナクスは村を通り抜け、丘のふもとにある小さな教会まで歩いた。

村が嫌いな理由は特になかった。冬の太陽の光を浴びるのは気持ちがいいくらいだった。アテネよりも寒いのは、標高が高いせいだろう。歩いてみてわかったが、ここは絵のように美しい。

ただ、母親がこの村を愛している理由はよくわからなかった。アナクスの考えでは、母親はせっかく手に入れた自由を自ら捨てている気がした。

彼がそう言ったとき、母親はあまりいい顔をしなかった。

教会は古びていたものの、塵《ちり》一つなく掃き清められていて、アナクスはふたたび緊張した。なにを見ることになるかはわかっていた。中へ入ると、そこには母親がいた。

銀行口座には金がたっぷりあり、この世のあらゆる贅沢品が簡単に手に入るのに、母親は別の生き方を選んだ。それがこれだ。アナクスにはどんなに不可解に見えても、この教会を自分の家のようにきれいにしておくことが母親の生き甲斐《がい》だった。

母親はもはや家の掃除をする必要がなかった。息子が人を雇ってさせていたからだ。

そこで、母親は代わりに毎日教会の掃除をしていた。まるでここがアナクスが子供のころに住んでいたアパートメントで、ぴかぴかにしておけば家族は健康で幸せにいられるというように。

アナクスは教会の後方で、熱心に掃除をしてまわる母親を見ていた。そのようすは自分の少年時代を思い出させた。前日に夫がどんなひどいふるまいをしようと、母親はいつも夜明けとともに起き出し、どれほど粗末な家だろうときれいに整理整頓していた。

アナクスが動く前から、母親は息子が来たのに気づいていた。だが彼に近づこうとはせずに仕事を続け、終わると、手と膝をついて磨いていた床から立ちあがり、使いおわった雑巾を洗って絞り、バケツの脇にかけた。

そのとき初めて、息子に目をやった。

静かな時間が流れた。平穏だ、と言う人もいるかもしれないが、アナクスはそう思わなかった。

「予告なしに家に来たうえに、教会にまで現れるなんて」母親が鼻を鳴らした。黒い瞳で見つめられて、彼は座っている信徒席から動けなかった。「なんでこんなことをするの？」

「息子がふらりと母親を訪ねてはだめなのかい？」

「ほかの息子はそうするものかもしれないけど」母親の目が光った。「私の息子はめったにしないことだわ」

近づいてきた母親を、アナクスは久しぶりにまじまじと見つめた。先入観なしで、ほかの人が見ている母親を見たかった。

意外ではないと言えばそうなのだが、エフゲニア・イグナティオスは美しい女性だった。しかし、母親は普通の女性と違って虚栄心というものがなかった。母親は白髪がめだっていても染めたりせず、黒髪を後ろで一つにまとめていた。とはいえ、こめかみに少しある程度だったが。化粧はいっさいしていない。昔、口紅を顔や服につけて帰ってきては父親が大声でわめいていたのを、アナクスは思い出した。だから今、母親は素顔でいたいのだろうか？

いや、違う。母親にとっては素顔が一種の鎧《よろい》なのだろう。

母親は過去から逃げたいとは思っていなかった。息子の金で心の傷を忘れたいとも思っていなかった。母親が今も美しいのは努力の賜物《たまもの》などではなく、自然からの贈り物にすぎない。

妹が言っていた。村の多くの男たちが誘惑しようとしても、母親は笑って意に介さなかったそうだ。

〝母さんは再婚なんて望んでいないのよ。もう一人夫を持つなんて考えられないんだわ〟ヴァシリキはそう続けた。

〝そうだとしても母さんを責められない〟とアナクスは言った。〝あの男との結婚生活はどう見ても悲惨だった〟

しかし、アナクスはふと不思議に思ってそばに来た母親に尋ねた。「僕たちはいったい何人の幽霊をかかえているんだろうか?」

そんな質問をされても、母親は少しも当惑しなかった。そのこと自体が答えだった。

「いくらお金があっても、幽霊を追い払うことはできないわ。追い払えると思っていたの?」

「母さんがこういう生活を送るのは、幽霊を寄せつけないためなのかい?」こぢんまりとした質素な教会や、つつましい生活を営む素朴な人々がいる村を手を振って示す必要はなかった。アナクスはこれまで金があればできないことはないと信じていた。

「母さんは幽霊を追い払えるのかい?」

自分が受けた影響について考えるとき、アナクスが考えるのは父親のことばかりだった。父親の意欲的なところ。高い集中力。あの男が本当に熱心だったのはろくでもないことばかりだったのに。僕はなぜかいつも、母親は今も生きているという事実を忘れがちだった。

母親がアナクスを見る目は鋭く、すべてを見透かしているようだった。鋼を思わせる強さもこもっていた。

しかしいつもの謎めいた暗い予言は口にせず、狭い通路から息子を見つめていた。「あなたは結婚しているのよね」

予想外の言葉だった。予想しておくべきだったかもしれない。「そうだよ」

「新聞を読みあさったわけじゃないけど、それでもいろいろ情報は入ってきたわ。どの記事も、あなたの妻がどういう人なのか知りたがってた。アメリカ人だとか、あなたに子供がいるとかいう記事もあった。でも、子供がいるなんて嘘よね。だとしたら私はお祖母《ばあ》ちゃんになるんだから、当然、息子が知らせてくるに決まっているもの」

アナクスは……恥ずかしくなった。キッチンのおやつをこっそり食べたがる小さな子供のような気分だった。

「複雑な事情があるんだ」謝罪のつもりで言った。

母親がしみじみとうなずいた。「幽霊も、結婚もそういうものよ」

「どちらも母さんは専門家だろう」

母親の唇の端がかすかに上がった。だが、笑顔と呼べるほどではなかった。「あなたがつらい目にあっているのは、二度と誰にも打ちのめされないために自分を鍛えあげているせいなのよ。でも私は違う。あなたはこう考えているんでしょう」手を振って教会を示した。「私が教会に通っているのは自分を罰するためだと」

「そう思っていた」アナクスは慎重に話し出した。「母さんはあいつと一緒にいすぎたせいで、罰を罰と感じなくなっているんだろうと」

覚えている限り初めて、母親が悲しそうな顔をした。少なくとも夫から解放されて以降、そんな表情は見たことがなかった。母親が頭を振った。「あなたは誤解しているわ、息子《イオス》」

母親から最後に〝イオス〟と呼ばれたのがいつだったか、アナクスは思い出せなかった。

母親がため息をついた。「私はただ謙虚でいたいだけなの。プライドがじゃましなかったら、私はずっと前に自分とあなたたちを救えたかもしれない。そうするべきだったのに、私はなにもしなかった」

アナクスは母親を見つめた。自分の耳が信じられなかった。

母親がほほえんだ。今度は本物の笑顔だった。「私も年なのよ、アナクス。孫に会いたいわ」

「会わせたくないわけじゃないんだ。母さんは島がどこにあるか知っているだろう？　プライドとはどういう意味だい？」

「そのままの意味よ」母親が背筋を伸ばした。「あの人をなだめられるのは私しかいなかった時期があったの。それに、自分ではあの人の暴力やお酒の問題を解決できない、という事実を受け入れるのに時間がかかりすぎた。私にはもっといい環境で育つ必要がある子供が二人いたのに。その責任は誰にあるの？　あなたの父親？　彼と一緒にいた私？」

「あの男だろう」アナクスは声をあげた。

母親はしばらく彼を見つめた。「たぶんね。でも、そうじゃないかもしれない」

「母さんには女の子の孫がいる。名前はナタリアで――」胸が痛むあまり倒れそうだったが、座っていたので助かった。娘には何週間も会っていなかった。あの子はとても幼い。僕が会いに行っても、もう父親だとわからないかも――。

アナクスはそこで気づいた。あの島は我が家とは言えなかった。世界じゅうに家を持っていることが誇りだったのに、そう呼べるものは一つもなかった。

母親は息子を見ていた。「完璧な子なんだ」アナクスは言った。「子供の母親は……」だが言葉が続かなかった。

「幽霊は夜の闇の中だけにいる存在じゃないのよ、アナクス。ときには鏡の中から、あなたを見つめ返していることもあるの」

それは彼がずっと避けたかった会話だった。たとえどんなに恐ろしくとも、アナクスは真実を知る必要があった。知った結果、どうなろうとも。

そのあと、どう変わってしまおうとも。

「僕はあの男と同類なんだろうか？」かろうじて自分の声だとわかる声で、アナクスは尋ねた。「母さん、真実を教えてくれ。僕はあの男と同じ怪物なのかな？」

10

「クリスマスにはアイオワに帰りたいの……」十二月のある晴れた日、コンスタンスは切り出した。

クリスマスまであと数日しかなく、そうするのは無理に思えた。どんどん日は過ぎていたが、島では青空が広がり、日差しが降りそそいでいて、一年が終わろうとしているとは思えなかった。

ときどき彼女は、自分の頭が少しずつおかしくなっているのではないかと思うことがあった。

恋に落ちるという重大なミスを犯したせいで夫が数週間姿を消し、完全に見放された現実にもいい面はあって、コンスタンスは泳げるようになっていた。これで少なくとも溺れる心配はない。

奇妙で悲しい結婚生活について心配ないと言えないのは残念だけれど。

プールの中にいるコンスタンスの横で、マリアが鋭い目を向けた。「私が決めることじゃないわ」

「そうよね、夫にきいてみるわ」コンスタンスはさりげなく言った。「でも彼はとても忙しくて」

彼女とマリアは長い間見つめ合った。それから水のかき方や足の動かし方の練習をしたけれど、帰郷の話題は二度と口にしなかった。

しかしその日の午後、マリアが部屋に来て飛行機の準備ができたと告げた。「ミスター・イグナティオスがなにかきいてきたら」コンスタンスが口にする前に静かに告げる。「うまく答えておくわね」

「すばらしいわ」コンスタンスは同じ調子で応じた。

飛行機に乗っている間、コンスタンスはずっと頭の中でもう一人の自分と議論を重ねた。故郷の荒涼とした大地に飛行機が着陸するまで、何時間も肘掛けをつかんで窓の外は見なかった。

ハルバーグに戻れたことはうれしかったけれど、すべてが前とは違った。アナクスの富の恩恵はいたるところに表れていた。滑走路では車が待っており、家は暖かく明るく、親子とマリアを歓迎するように調えられていた。

そういう変化を気に入っている自分に、コンスタンスは罪悪感を覚えた。

「ミスター・イグナティオスは家をたくさん所有しているの」マリアが家へ入っていった。たぶん、コンスタンスの顔を見てどういう気持ちなのかわかったのかもしれない。「だから、いつも彼の到着に備えておく人たちがいるのよ」

おかげで、コンスタンスの心は少し軽くなった。なにもかも大変でなくてもいいのかもしれない。

それに、今日は十二月の二十二日だった。コンスタンスはようやく故郷に戻り、あの島に閉じこめられずにすんでいた。おまけにナタリアはすくすく育っていて、島とは違う新しい環境も喜んでいるようだった。よく覚えていないだけで、本当は娘も知っている場所なのだけれど。

コンスタンスは懐かしい気持ちでいっぱいのまま、小さな町をめざして歩き出した。飛行機に乗ったあとで少し疲れていたので、歩けば落ち着くと、我が家へ帰ってきた気持ちになれると思った。

けれどそうはならなかった。ナタリアと一緒にハルバーグの中心に向かう間も、安堵《あんど》のため息は出なかった。帰ってきたという甘い感覚もなかった。

それどころか、アナクスが何者なのか知っている隣人にでくわしてしまった。アテネの舞踏会にコンスタンスが登場してタブロイド紙が大騒ぎしたときに気づいたらしい。ずっと保育園で働きたかったシェリル・フォックスはついに夢がかなったと言い、あなたは最初からアナクスを巧妙に狙っていたんでしょうとはっきり口にした。妊娠する前から。

「私はどうすればよかったの、シェリル？」教会のそばのベンチで立ったり座ったりして遊んでいるナタリアに注意しつつ、コンスタンスはきいた。「クリニックの精子提供者が誰なのか知ることは許されないのよ。非公開なのが重要なの」

「私はあなたのお祖母《ばあ》さんを知ってるのよ」シェリルが悦に入った顔をした。「あなたたちジョーンズ家の人たちなら、なにをしてもおかしくないわ」

シェリルが冗談を言ったように陽気に笑ったが、目は正反対だった。数カ月前と変わらない町の中心へ着くまでに出会った、三人の人々もシェリルと似たことを言った。彼らとは友人ではないけれど、親しいと思っていたのに。

どうやら今日は違ったらしい。

コンスタンスはクリスマス気分を味わうどころではなかった。

しばらく寒い中を歩きまわって何人か友人を訪ねたものの、彼女が戻ってくるとは思っていなかった友人たちは、クリスマスの準備のほうに夢中だった。行き合った隣人たちからあれだけ非難されたあとで、ブラント・ゴスとまで鉢合わせするのはごめんだった。

家へ帰りはじめたころにはナタリアも不機嫌になっていた。原因はハルバーグの人々から厳しい目で見られたせいというより、地中海の気候が恋しいからだと思われた。

雪道の真ん中を、ぐずるナタリアをベビーカーに乗せてとぼとぼ歩きながら、コンスタンスは暗い気持ちになった。私はアイオワの冬をいつの間にか忘れていた。それもこれも屋外プールで何週間も泳ぎ、昼は夏らしい服装をして夜は焚《た》き火で暖まるような日々を知ってしまったせいだ。

寒さに加えてどんどん日が落ちていく光景は、記憶にあるよりも重苦しく見えた。故郷への愛が薄らいでいる自分に気づいて、コンスタンスは動揺しショックを受けた。

率直に言えば思ったほど懐かしい気持ちがわいてこず、とまどっていた。私はハルバーグを愛していないわけじゃない。大好きだ。ずっとそうだった。目を閉じて思う故郷はいつもハルバーグだった。けれど今日、気づいてしまった。この町で暮らすためにずっと我慢してきたけれど、どうしてもそうする必要があったわけじゃない。なにがなんでも受け入れなければならない人生ではなかった。

つまり、シェリル・フォックスの悪口を我慢しないという選択もあるのだ。ブラント・ゴスとかかわらないという選択も。私には選ぶ権利がある。

そう思うとコンスタンスは解放された気分になると同時に、とても悲しくなった。

家に戻った彼女は、心から愛していた家族の痕跡とその人たちを失った実感をしみじみと噛《か》みしめた。それこそ、思い描いていた帰郷だった。

我が家に帰ってきても、もう祖父母がいないのはわかっていた。両親が二度と帰ってこないのも十代のころから知っていた。

コンスタンスは帰ってきて学んだことがあった。私はここから遠くへ行って、幸せとまではいかなくてもまったく別の人生を送れるのだ。

二年前に人工授精を受けると決意したときに夢見ていた人生を、コンスタンスは懐かしい気持ちで思い出した。

昨年の十二月まで望んでいたのは、自分が育ってきたように子供を育てることだった。しかし、彼女は重大な事実にたどり着いていた。ここハルバーグに残って、考えていたとおりにナタリアを育て、幸せな人生を送ることはできる。けれど、それは私が望んだ人生じゃない。

それに娘は、私と同じ扱いをされたりはしないはずだ。

コンスタンスはもはや町の誰もが気の毒に思う、ジョーンズ家でただ一人生き残った貧しい娘ではなかった。彼女が子供を身ごもると、町の人々は温かな目を向けなくなった。赤ん坊が生まれたあと、彼らの冷淡な態度はますます顕著になった。

みんなが好きなのは、同情できる女の子なのだ。コンスタンスがシングルマザーになるとか、ましてや華やかなドレスを身にまとって雑誌に載るとか、彼らは想像もしていなかった。それが今日、明らかになった事実だった。

現在のコンスタンスが悪名高い存在である以上、必然的にナタリアに対する扱いも変わるだろう。この数年のコンスタンスはつねに町の人々から愛され、大切にされてきた。そのやさしさという振り子がいつほかの人に向かって振れてもおかしくないことを、彼女は理解していなかった。

そもそも、そんな振り子があるとすら理解していなかった。

それに、アテネを訪れたのも大きかった。舞踏会の日ヴァシリキはアテネを案内してくれ、コンスタンスは舞踏会と同じくらい街そのものにも驚いた。舞踏会で知り合った何人かは世界的な有名人だったし、彼女がよく知っている農作物やその収穫量、天候とはまったく関係のない会話は興味深かった。

世界は本当に広いのだ。小さな田舎町で暮らしていると忘れてしまうけれど。

世界の大きさの一端を目のあたりにした今、コンスタンスは自分の経験を忘れることができなかった。ほんの少し旅をしただけで、内側にあるなにかが解き放たれた気分だった。

「かわいそうに、この子は寒さに慣れていないのね」コンスタンスは家の中に入りながら言った。暖かな空気に包まれ、幸せそうにため息をつく。そして待っていたマリアに赤ん坊を渡し、重ねていた何枚もの服を脱ごうと奮闘した。「でも、どうやら私もそうみたい」

「あなたはギリシア人ではないけどね」マリアがほほえんだ。「だから言い訳しても無駄よ」

マリアがナタリアを床へ下ろし、やさしい言葉をかけつつ歩かせて連れていった。コンスタンスは居間の真ん中に立って、期待とはあまりにも違う状況に悩んだ。

大きく息を吐いて、故郷へ戻ってきたらなにがどうなると思っていたのだろうと考える。町をあげてのパレードが行われる？　亡き家族の亡霊に出迎えられる？

コンスタンスは想像して笑った。それから祖母がよく作ってくれた、傷ついた心にきく特効薬を試そうと思いたった。キッチンへ行き、ホットチョコレート用の粉をさがしまわる。たしか、切らしてはいなかったはずだ。

コンスタンスが戸棚を開けて中を見ようとした瞬間、玄関のドアが大きな音をたてて開いた。

彼女はびっくりして飛びはね、なにを目にするかもわからずに廊下をのぞきこんだ。

心臓が宙返りをしたかと思った。

目の前にアナクスがいたからだ。

彼は目をぎらつかせ、まっすぐにこちらをにらみつけていた。「僕から逃げられると本気で思っていたのか？」

「逃げたんじゃないわ。飛行機に乗っただけ。逃げたわけじゃないから、あわてたりしなかった」コンスタンスはホットチョコレートのことも忘れ、キッチンから廊下へ出た。

階段の上から足音が聞こえてきて、アナクスが視線の向きを変えた。目がいっそう鋭くなる。「おまえの処遇は後まわしだ」彼がマリアに言った。

「彼女にはかまわないで」コンスタンスはすぐさま口を開いた。「アナクス、あなたは人を放っておくのが得意でしょう。私がどこにいるかにそんなに興味があるなら、逃げ場のない海の真ん中の島に置き去りにしなければよかったのに。あそこは刑務所も同じだわ」

「ああ、そうだとも、ひどい刑務所と同じだ。そこで君は最悪の扱いを受けたというんだな」

今日のコンスタンスはすでにじゅうぶん嫌味を聞いていた。「あなたもあそこに置き去りにされたらわかるわよ」

遅まきながら、彼女はマリアの足音が遠ざかっているのに気づいた。自分もいつの間にか廊下のなかばまで移動していて、アナクスも近づいてきていた。

「どうしてこんなに早くここに来たの？」夫に腹をたてているのに、彼の気持ちを楽にしたいと思っていることが理解できず、コンスタンスはいらだった。

「僕はギリシアにいたんだ」アナクスがなぜ質問に答えたのかわからないというように首を振った。「君のところに向かっていたんだぞ」

コンスタンスは全身からいっきに空気が抜けたかと思った。二人で分かち合った夜の記憶が頭の中を駆けめぐる。何度も思い返した彼女は、どんな些細《ささい》な部分も忘れていない自分に気づいた。

「あなたは私を手放せないだけでしょう」心の中がどうであれ、声が震えなかったことがうれしかった。

「だから、いつかこうなったと思うわ」

アナクスが手を伸ばし、コンスタンスの頬に触れた。「お嬢さん《コリッツィ》、僕が言うことをなにも聞かないと決めていても、これだけは知っておいてくれ。君はなんの関係もなかった。怪物は僕の中にいたんだよ」

コンスタンスはこれからどうなるのか、さまざまな予想をしていた。遅かれ早かれ、夫とは顔を合わせるだろう。アナクスは娘に会いたいはずだからだ。そこで彼女は鏡に向かって練習をした。痛烈に責めたり、筋道を立てて問いつめたりして、何度も何度も彼を窮地に追いやろうとした。けれど一度たりとも、こういう事態は想定しなかった。

アナクスが祖母の家の廊下で自分の頬に触れ、見つめることがあるとは。

コンスタンスはまともにものが考えられなかった。無意識のうちに両手が彼の首にまわり、口が勝手に動いていた。「会いたかった」彼女は静かに言った。

すると、アナクスの体の緊張が解けた。

彼はつらそうだった。それから二人の唇が重なった。最初は甘かったキスが、荒々しくなっていく。

アナクスがコンスタンスを支えながら口づけを繰り返した。その姿は必死に妻を求め、彼女の存在を確かめ、我が家に帰ってきたのだと伝えているかのようだった。

コンスタンスはどれくらい唇を重ねていたのかわからなかった。気づくとキッチンに戻っていて、まるで命がかかっているみたいにお互いの体に腕をまわしていた。彼女はキスをやめるとアナクスの手を引いて地下室の階段を下りていき、昔両親と住んでいた場所へ案内した。

地下室は裏庭に出られるようになっており、家具はシーツでおおわれて壁に寄せられていたけれど、今でも居心地がよかった。父親が名前をつけて呼んでいたボイラーもあった。冬になると、父親はボイラーがたてる音で物語を作ってくれたものだった。

夫の手を引っぱりながら、コンスタンスは当時を思い出してほほえみ、シーツのかかっていないソファに彼を連れていった。彼女はそこに座って子供時代のことを考えるのが好きだった。

でも、今はアナクスのことを考えたかった。彼はただの思い出ではなく、コンスタンスのそばにいた。

ここはアテネとはまったく違っていた。窓から見える外の木の枝には雪が積もっていた。離れたところには祖母の古い家庭菜園の跡が見えた。

コンスタンスはアナクスをソファに座らせ、彼の膝の上にのった。そしてどこにいるのかを忘れた。

二人でいられれば、ほかはどうでもよかった。

彼女はアナクスにおおいかぶさり、彼の顔を両手で包んでキスをした。もう一度同じことを、今度はいっそう熱烈に繰り返す。教わったように顔の角度を変えると、魔法のようなひとときが訪れた。

我が家に帰ってきた気分になれたのだ。

ハルバーグへ戻ると決めたときに想像していたのと同じ気分だった。いいえ、こちらのほうがもっと深い。

キスをすればするほど、情熱は増した。より激しく荒々しく、二人の中でうなりをあげた。

アナクスの手がコンスタンスのスウェットシャツの下に潜りこんで胸の先に触れた。彼女は夫の膝の上で体を揺らし、ふくらみを手に押しつけた。アナクスの下腹部の熱い興奮を感じ取りながら、自らの全身にも情熱の炎をかきたてる。

二人の間にアナクスが手を伸ばし、コンスタンスも手伝って彼のズボンを取り去ると、どちらからともなくため息がもれた。彼女が両手で興奮の証《あかし》を包みこみ、アナクスが欲望に満ちた低い声をあげる。彼は妻の好きにはさせまいとコンスタンスを抱きあげて向きを変え、ソファに一緒に横たわった。

それからは必死になって双方の服を取り、靴を脱がせ合った。愚かな衝動は抑えきれず、二人とも手を動かすのをやめることも時間をかけることも考えることもできなかった。

その衝動は、ついにアナクスがコンスタンスを深く満たすまで続いた。

歓喜のあまり、コンスタンスはまたたく間に体が爆発したかと思った。悲鳴をあげないように彼の肩に歯を立て、稲妻に似た衝撃が体を引き裂き、骨の髄まで揺さぶるのに耐えた。

顔を上げると、アナクスの目は輝いていた。そこには獰猛《どうもう》なまでの独占欲と、それ以上のなにかが浮かんでいた。

そして、彼が動き出した。

アナクスはコンスタンスをゆっくりと、確実に、正気の限界まで追いつめていった。

彼がもう一度同じことをし、ぎりぎりのところでコンスタンスをじらしつづけた。彼女は信じられない思いで、このまま二人はお互いを求めながら狂ってしまうのではないかと思った。

だがアナクスがコンスタンスの唇に唇を乱暴に重ね、二人は一緒にのぼりつめた。彼女は自分が星屑《ほしくず》になった錯覚に陥った。

我に返るまでには長い時間がかかった。階上のキッチンで足音が聞こえるのは、マリアがナタリアのために食事の準備をしているからだろう。私も行って手伝わなくちゃ、とコンスタンスは思った。

ところが、アナクスが彼女の上でぐったりしていた。その体はとても熱く、心が温かくなった。

夫はここにいる。

アナクスが寝返りを打つと肘をついて起きあがり、空いているほうの手でコンスタンスの髪をもてあそんだ。何度も何度も髪を指ですき、見たこともないやわらかなまなざしを向けた。

自分はわがままではないと思っていたけれど、コンスタンスはキッチンへ行きたいと思えなかった。

「心配しないでいい」彼が厳しいとさえ言える声で告げた。「二度と君を一人ぼっちにはしない」

コンスタンスはその言葉を信じたいという誘惑に駆られた。それくらいとてもすてきな、ずっと望んでいた約束だった。

もしアテネでの朝、夫が同じことを言っていたら、私は信じていたかもしれない。

けれどコンスタンスは今、亡き両親や祖父母が暮らしていた家の、地下室のソファに横たわっていた。おまけに、彼女にはじっくり考える時間があった。

もうすぐクリスマスがくる。この一年で私の世界は想像を絶するほど変わった。でも、まだ変えなければならないことがある。

そもそも妊娠しようと決意したとき、私はなにを考えていたの？　ずっと家族が欲しかったんじゃないの？

その気持ちは今でも変わらない。

あのころも生活に不自由はなかった。けれど、それだけではじゅうぶんじゃない、もっと欲しいものがあると思った。

どうして今年のクリスマスはこれまでと違うと思ったの？

コンスタンスはアナクスから離れ、起きあがって彼の目を見つめた。「相性がいいのはいいことだわ」

彼が片方の眉をいたずらっぽく上げた。「相性？　君はそう言うのか？　僕には爆弾に等しいが」

「私たちはなにもかも順番が逆だった。それが問題の一部なの。一夜限りの関係を持つ前に、私たちには赤ちゃんがいた。そんなのおかしいわ」

「君に関して予想どおりにいったことは一つもない」アナクスがつぶやいたが、それが不満なのか愛情をこめた言葉なのか、コンスタンスにはわからなかった。どちらにしても気に入らなかった。

立ちあがり、裏返しになっていたスウェットパンツを床から拾ってはく。アナクスは妻のまねをしなかった。彼はのんびりと退廃的な姿でソファに寝そべったままだった。

コンスタンスは背筋を伸ばし、両手を腰にあてた。

夫を見つめた彼女は、このチャンスを逃したら私は決して自分を許せないと思った。

「私は本当の結婚がしたいの、アナクス」彼が体を硬くしても、淡々と続けた。「私はどこかでひっそりと暮らし、あなたの都合のいいときだけ連れ出されるような立場ではいたくない。タブロイド紙に憶測で語られたり、私の写真を謎解きみたいに調べられたり、私たちの間に秘密の事情があるんじゃないかと疑われたりしたくないの」

彼女はアナクスが反論すると思った。しかし、彼はなにも言わなかった。

気を取り直して、コンスタンスは続けた。「私はあなたと暮らしたい。夜は一緒に眠って、朝は一緒に起きて、協力して娘を育てたい。あの子にきょうだいだって作りたいわ。アナクス、私はあなたと恋に落ちたいのよ」

アナクスが驚いた顔になった。

コンスタンスはさらにつけ加えた。「正直に言えば、私はもうあなたに恋しているの。それなら私にも恋をしてほしい。あなたならできるわ。できると思う。挑戦してみてほしいの」

「コンスタンス」声はささやきに近かった。

「駆け引きはしたくない」コンスタンスは自分の望みを口に出せば出すほど、より強い力がわいてくるのに気づいた。より強い確信も。「恋をするのは簡単だとか、完全な二人になるためとかと言うつもりはないわ。将来、間違った選択をすることもあると思う。でも試してみたいの、アナクス。始まり方を気にするんじゃなくて、二人のまわりにあるすべてに関して正しいことをしたい。私たちならできると思うから」

聞こえているのが心臓の音なのかどうかも、彼女にはわからなかった。自分が呼吸をしているのか、話しはじめてから息を吸ったのかさえ思い出せなかった。

ただ、ほかに選択肢がないのはわかっていた。望みのために立ちあがるか、永遠にあきらめるかの二つしかないと。

私は言うべきことを言った。これからどうするかはアナクスしだいだ。

彼もそれは承知しているはず。

アナクスが時間をかけて立ちあがり、じれったくなるほどゆっくりと服を着た。

彼がこちらを見たとき、コンスタンスはくずおれないよう足を踏んばらなければならなかった。夫の目にふたたび苦悩と痛みがあったからだ。

自分の中で情熱の炎が燃えあがるのを、彼女は感じた。

「僕はそういうものをどう望めばいいのかわからないんだ」アナクスが慎重に言った。その言葉を聞いて、なぜかコンスタンスは希望を抱いた。「それに、どうすれば君にそういうものを与えられるのかもわからない。コリツィ、僕の中にはそういうものがないんじゃないかと思う」

コンスタンスはその場でとろけそうになった。夫のもとへ駆けよって抱きしめ、彼が与えてくれるものならなんでも、どれほど小さなかけらでも満足できると断言したかった。

けれど、なにかがコンスタンスを引きとめた。まるで亡き両親と祖父母が結託して、彼女の心をかたくなにしている気がした。

心の中で祖母の声がした。〝弱い者に強い意志は持てないんだよ。だから、謙虚になっても意味はない〟

階上でマリアと一緒にいる女の子のことを、コンスタンスは考えた。娘には、欲しいものがあるなら求めつづけなさいと教えるつもりだった。手に入れるまで休んではいけないと。

ひょっとしたら、アナクスのことも考えていたのかもしれない。なぜならコンスタンスは彼を見て、出会った日からわかっていたことをあらためて確認していたからだ。

アナクスこそが運命の男性で、私はずっと彼を待っていた。だから、今手にしている以上のものが欲しいのだ。

「あなたはアナクス・イグナティオスだわ」彼女は静かに言った。「それならなんでも解決できるはず。ビジネスではずっとそうしてきたんでしょう」

「コンスタンス――」彼が口を開いた。

けれど、彼女は手を上げて制した。「続きはクリスマスに教えて」それは命令ではなかった。「ナタリアの誕生日に。よく考えてね、アナクス。私たち二人とも、あなたを信じているわ」

11

「最後通告をしても僕には通用しないぞ」アナクスは地下室でコンスタンスにうなった。刻一刻と深くなっていく穴に、二人ではまっている錯覚に陥っていた。いや、ひょっとしたら身動きが取れないのは僕だけなのかもしれない。

目の前にいるコンスタンスが違って見える。笑顔と同じくらい全身が輝いていて、まるで太陽が彼女一人を照らしているかのようだ。

妻はほほえんでいたが、魅惑的なまなざしにはまだ挑戦がにじんでいた。「人に最後通告をするのってすごく楽しいのね」

普段ならすぐに自分に有利な形で話を終わらせた

だろうが、今はできなかった。コンスタンスは、僕が今までとは違う人間になれると信じている。

アナクスは彼女にそれは無理だと言いたかった。僕は自分がどういう人間か知っている。だから厄介なのだ。

コンスタンスは葛藤する夫を見守る気がないのか、ほほえんだまま背を向け、階段をのぼっていった。

これからどうするのか考えさせるために、自分が本当は何者なのかさぐらせるために、地下室にアナクスを残して。

母親は息子が望んでいたほどには答えをくれなかった。〝私たちの中で、心の奥に怪物がいない人がいるかしら?〟小さな教会で、母親が少し身を乗り出した。〝どてつもない難題だけど、あなたは選ばなくては、アナクス。私たちはみんな選んでいるの。もし鏡を見て怪物が見えたなら、それはあなたの父親じゃない。あなた自身なのよ〟

〝叱咤《しった》激励をどうも〟アナクスはそっけなく言った。

母親が笑った。〝柄にもないことをしてしまったわね。でも、覚えておいて。いちばん恐れているものはあなたの中にあるの。そして、それはあなたが選んだからなのよ。でも、自分で選んだなら自分で変えられるわ〟

使われていない家具が並び、窓が雪でふさがれた寂しい地下室で、アナクスはそのことを考えてみた。どれを選んでも悪い結果にしかならない気がする。いや、どういう結果になるかは動いてみなければわからないのだろうか?

最後に勇気を出して行動したのはいつだった?

ほかにも考えてみた。怒りに身を任せることや、コンスタンスの言葉に対する憤り、どうすればその感情を正当化できるのかについても。この家から逃げ出そうかとも考えたが、そんなことをしてどうなるというのだろう?

娘と過ごす時間が増えるわけでもない。妻を取り戻せるわけでもない。

アナクスは錯覚の穴の中で立ちつくしていた。呼吸が荒く、脈が激しく打つのを感じる。そして問題は、自分もコンスタンスと同じものを求めていることだと理解した。

それを与えるのは自分の役目なのに、できるかどうか確信はなかった。そんな能力があるのか自信はなかった。

コンスタンスは本当に僕たちがまた一緒に暮らせると、そんな薔薇《ばら》色の夢を実現できると考えているのだろうか？　だが、彼女は自分の望みをかなえるという選択をした。

僕はいつの間にか、自分の望みをかなえる能力を失っていたらしい。

そう気づいたとたん、錯覚の穴が消えた。

かつて今よりはるかに少ない財産しかなく、人生を少しでも変えられると信じる根拠がまったくなかったころのアナクスは、望みは必ずかなうと信じていた。そして一度決めたことは必ずやり遂げた。何度失敗しても、恐れず挑戦を続けた。

若く貪欲だった時代は失敗を教訓として受けとめ、次はもっと上をめざした。

当時の僕は家族よりも、自分が築きあげた財産や企業帝国のほうが重要だと考えていたのだろうか？

アナクスは自身に問いかけた。おまえと父親はなにが違うのか？　父親は酒に溺れていたが、おまえは金に溺れている。

そう考えたとたん、鼓動が雷と同じ音をたてはじめた。

心臓は破れそうだったが、彼は生きているという奇妙な実感を覚えた。

生きているのは当然のことだが。

コンスタンスもナタリアも家族と思っていたから、

アナクスは母親や妹に接するように二人にも接してきた。しかし世話をするといっても、経済的な支援以外はしなかった。

彼は、家族にはそうすればいいのだと思いこんでいた。つかず離れずの距離がいいのだと。だが今は、都合がよかったのは自分だけなのに気づいた。自分一人が満足していたのだと。

そうすれば、僕は家族を思いどおりにできると思った。家族はそんな僕を受け入れた。

というより、家族はアナクスに好きなようにさせながら、彼と距離を置いていた。アナクスは母親と妹を、ずっと無礼で厄介だと思っていた。それぞれのやり方で彼の言うことを聞くふりをする一方で、自分たちの考えを通すからだ。

もしかしたらずっと無礼で厄介だったのは、僕のほうだったのかもしれない。

「すまなかった」コンスタンスの家の地下室から妹に電話をし、アナクスは謝った。

「今、なんて言ったの？　あなたは誰で、私の兄になにをしたのよ？」

「僕はおまえにとって最高の兄ではなかった」ヴァシリキの信じられないような、おもしろがっているような口調を無視して、彼は重々しく言った。「やっとそうだと気づいたんだ」

長い間、ヴァシリキは黙っていた。妹の背後で声がし、アナクスはほほえみかけたが、スタヴロスがいるのかとは尋ねなかった。妹が話したければ話すだろう。

「ありがとう」ヴァシリキがしばらくして口を開いた。「兄さんはいつでも最高の兄だったわ。でもそれは当然、私がいつも最高の妹だったからよ」

「そのとおりだな」アナクスはうなずいた。

それから二人はすぐに仕事の話を始めた。アナクスは電話を終えたとき、妹の声が自分と同じくらい感極まっていた気がした。

彼はまだ地下室に立ちつくしていた。コンスタンスが望む男になれると証明するために、どうすればいいのかわからなかった。彼女の言った期限に間に合わせたいなら、これから二日間が勝負だ。

アナクスは不可能を可能にするのが得意だった。

階段をのぼってキッチンに入った彼は、一年前にタイムスリップしたような気持ちになった。あのとき教会の中へ進んでいくと、そこは暖かく明るく、自分には理解できない感情に満ちていた。

今もそのときとよく似ていた。そしてあの夜と同じく、アナクスはすぐにコンスタンスを見つけた。

彼女はガスコンロの前で、大きな鍋の中身をかきまぜていた。マリアは赤ん坊に歌を歌っている。ナタリアは幼児用の椅子に座り、つぶしたニンジンと思われるものをぐちゃぐちゃにしていた。外では雪が降りはじめていた。

誰も床にうずくまってはいなかった。小声での会話も、ひそかな目配せも、安全な場所の取り合いもなかった。なぜなら、この部屋には癇癪《かんしやく》を起こす者がいないからだ。次の癇癪が起こらないよう忍び足になる必要もなかった。

これこそが家族だと、心の声がささやいた。

たぶん、この気持ちが希望なのだろう。穴から出られないという錯覚を経験していたおかげで、アナクスはそう悟った。どういう人間になるのか、僕は決めなければならない。

どうすればコンスタンスが求めている男になれるのか、そんな男になる能力が自分にあるのかどうかさえわからなかったが、アナクスは足を一歩前へ踏み出した。

地下室のドアを閉めてキッチンに入っていき、ジャケットを脱ぐ。それからマリアにうなずくと、ナタリアに食べさせるために使っていたスプーンを彼女から受け取った。

　そして父親役を演じた。

　以前から町の男たちを観察するたび、まるで違う惑星に来たようだと思っていた。だがこの町については知っていたから、どうすればいいかはわかっていた。知識があまりなかった金融界に飛びこもうと決めたときと同じことをするのだ。

　その夜、アナクスはコンスタンスを見習ってふさわしい衣装を――フランネルのシャツ、ジーンズに不格好なブーツを身につけた。生地は肌触りがいいとは言えないが、絶対にめだつことはないはずだ。

　この家で自分の部屋として使っている部屋から下りてきたアナクスを見て、マリアもコンスタンスも幽霊を目にしたみたいな顔をしたが、彼は称賛と受け取って気づかないふりをした。

　マリアが夕食を並べている間、アナクスはナタリアのところに行って一緒に遊んだ。おかげで食卓を囲むころには、赤ん坊は疲れておとなしくなっていた。

　深夜アナクスはコンスタンスのベッドに潜りこむと、彼女を引きよせた。

「それ以上はだめよ」彼女が強い口調で言った。「筋が通らないから」

「言うとおりにするよ、お嬢さん《コリツィ》」彼は天使のように素直にうなずいた。妻を説得してもよかったが、しなかった。しかし、そばを離れもしなかった。

　二人は、まるでひと晩たりとも離れたことはないというようにぴったりと寄り添って眠った。

　その出来事にも希望を感じた。

　しばらくして、ナタリアの泣き声が聞こえた。アナクスは娘をあやしに子供部屋へ行き、やってきたマリアをベッドに追い返した。なかなか落ち着かない娘を、彼はコンスタンスがいるベッドへ連れていった。

「大丈夫？」コンスタンスはすぐに目を覚まし、心配そうに尋ねた。

「一緒に寝よう」アナクスは低い声で言い、赤ん坊を二人の間に寝かせた。

朝がきたとき、二人は上機嫌なナタリアに起こされた。ナタリアはきゃっきゃっと騒ぎながら両親の体を這《は》っていて、家族といるのが幸せそうだった。

その日、アナクスはコンスタンスについて彼女の友人たちに会いに行った。彼女たちはみんな目をまるくし、けげんそうにアナクスを迎えた。彼は友人の夫たちと話した。気さくなマイクは裏庭にあるバーベキュー用のグリルの話を熱心にしてくれ、むずかしい交渉事に臨むときの自分のようだ、とアナクスは思った。そして安いビールを飲み、スポーツの話題にはうなずくことで参加した。

「いったいなにをしてるの？」雪が降る中を歩いて家に帰りながら、コンスタンスが尋ねた。アナクスは雪の結晶を舌にのせようとする娘を見ていたが、妻に目をやった。

「僕はとけこもうとしているんだよ、コリツィ。それが君の望みじゃないのか？」

「偉大なアナクス・イグナティオスに、カントリー歌手みたいな格好をしてほしいと望んだ覚えはないわ」彼女がつぶやいた。

「この格好が気に入ってくれたんだね。ありがとう」彼は穏やかに言った。

翌日はクリスマスイブだった。コンスタンスがマリアに面倒だと言うのを聞いて、アナクスはクリスマスツリーをさがしに出かけた。そしてツリーを持って帰り、居間に飾った。コンスタンスがクリスマスキャロルを歌いながら、ツリー用の飾りをしまった箱を出してきた。妻の顔が輝いていたので、彼は文句を言わずに飾りつけをした。

午後はマリアと一緒にキッチンで過ごし、パイを作ったが、出来ばえはひどいものだった。

それでもコンスタンスがおいしいと言うと、アナクスはとてつもない偉業を成し遂げた気がした。

夜は一年前に二人が出会った小さな教会に向かった。アナクスは娘を膝にのせ、コンスタンスは横に座っていた。今年の聖母マリア役は、シャツの下に枕を何個もつめこんだ少女が演じていた。

彼は礼拝の説教をひと言も聞いていなかった。というのも心の中になにかがこみあげてきて、あふれそうになっていたからだ。降誕劇が終わるころには骨の髄まで浸透している気がして、立ちあがれた自分に驚いたほどだった。

人々が帰りはじめると、アナクスは自分たちを明らかによく知らない変わり者の食料店の老人やほかの人々と全力で会話を続けた。辛辣な言葉は自分に言うよう仕向けるのは忘れなかった。たいていの人はそういう言葉を女性にぶつけたがるものだからだ。


マリアがナタリアを連れ、家のほうへ歩き出した。

雪がふたたび降りはじめていたが、アナクスはコンスタンスの手を取って引きとめた。「今日はクリスマスイブだよ」

「わかってるわ」彼女が顔をしかめた。「ここにいることを後悔してるの？」

「コンスタンス」彼は首を振った。「僕が過ごしている時間にどれほどの価値があるのか、わからないかい？　こういう時間ほど貴重なものはない。正直に言えば、いやになると思っていた。それでも、君のために甘んじて耐えるつもりでいたんだ」

彼女が顔をしかめた。「私が求めていたのはそういうことじゃないわ」

「君が本当に望んでいるなら、僕はこの町に残る」

アナクスはその言葉が本心なのに気づいた。「僕はどこにいても仕事ができる。ハルバーグに住みたいなら、そうすればいい。君が育ってきたように、僕たちもここでナタリアを育てよう。あの子が君そっくりに育つなら、完璧な女の子になるに違いない」

なにか言おうとして、コンスタンスが夫の言葉に驚いた。「完璧?」

ふわふわした雪が舞い落ちる中、アナクスは妻に近づいた。

「一年前の同じ夜、僕は君に対する自分の反応を、君が僕の子供を身ごもっているからにすぎないと言い訳した」声は前よりも小さかったが、激しさは同じだった。「だが真実は違っていた。僕の子供を身ごもっていることとは関係なかった。君は名前のとおりの女性だ、コンスタンス。安定していて、なにがあっても変わらない」

「きいてみればわかるけど、このあたりの多くの人はそういうところをいいとは思ってないわ」コンスタンスが言った。

アナクスは無言でかぶりを振り、彼女のそばかすに落ちた雪がとけていくのを見つめた。「僕は君なしでは生きていけない。そんな人生は拷問だ。二度とあんな苦しみはごめんだよ」

見ていると、コンスタンスが深く息を吸って吐き出した。冷たい夜空に白い水蒸気が上がる。

「無理はしないで」彼女がささやいた。「アナクス、したくないならする必要はないわ」

「胸が苦しいんだ」アナクスは言った。実際そのとおりだった。つらくてたまらない。普段と違う格好をしているのに、これほどありのままの自分でいると感じたことはなかった。「心臓がずっと死ぬんじゃないかと思うほど激しく打っているんだ。アテネで君と一夜をともにしたあと、なにかがおかしいと思って主治医に診てもらったが、健康そのものだと太鼓判を押されたよ」なにか言いたそうな妻を見て、彼は口角を上げた。「原因は君だよ、コンスタンス。君が僕をおかしくさせたんだ。君は僕を——」

しかし胸の中で刻一刻とふくらんでいく思いを、アナクスは口にできなかった。

「あなたは恋をしているんだと思うわ」コンスタンスがやさしく言った。手袋をした手で夫の手を取り、自分の胸に押しあてる。

アナクスは間にフリースとダウンジャケットがあったにもかかわらず、妻の胸から自分と同じ鼓動を感じ取れた。

彼女がどんな真昼よりも明るいほほえみを浮かべた。「私も同じだからわかるの」

彼は自分の胸の中の思いに身を任せた。心が歌を歌っている気がする。すると、その歌が全身を駆けめぐり出した。

なんの保証もないまま、あらためてアナクスは一歩を踏み出した。望みは薄いが、途中で方法が見つかることを願っていた。

「どうすれば恋ができるのか、僕にはわからない」

全身が歌い出しそうな深い衝動とともに、アナクスはコンスタンスに言った。「ほかの人が感じているこれを、どう感じたらいいのかも。ずっと弱さの表れとして、幼いころに体の外へたたき出されたからだろうな」

その言葉を聞いても、コンスタンスはひるみはしなかった。「妹さんをずっとそばに置いているあなたが、そんなことを言うの?」彼女が笑った。「ヴァシリキに聞いたけど、あなたは定期的にお母さんを訪ねているんですってね。それならきっと人の愛し方を知っていると思うわ、アナクス。ただ、その気持ちをなんと呼べばいいのかわからないだけなのよ」

「僕は君が呼ぶ名前で呼ぶよ」アナクスは誓った。「僕はすでに成功をおさめた男だ、コンスタンス。だから君の好きなものを差し出すし、君の好きな呼び方をしたい。君が一緒にいてくれるなら、僕はなんでもする」

「アナクス」コンスタンスが口を開いた。

「なにが欲しいか言ってくれ」ありえないことに、彼は懇願していた。そんなまねは今まで一度もした覚えがなかった。それでも彼はやめなかった。なぜ懇願してはいけない？「お願いだ、コンスタンス。言ってくれれば、そのとおりにするから」

長い間、コンスタンスは暗く寒い中に立つ夫を見ていた。教会の近くには街灯が一つ灯《とも》り、家々にはイルミネーションが輝いていた。それを除けば、世界には自分たち二人しかいないかのようだった。

もしそうだとしてもなんとかしてみせる、とアナクスは思った。コンスタンスがいればそれでいい。

必要なのはコンスタンス一人だった。

彼女がアナクスを見てほほえんだ。すばらしく美しく明るい笑みには、すべてがうまくいくと思わせる力があった。それはこの世の希望か、すべての人にとっての喜びか、教会を出ていく人々が歌っていたクリスマスキャロルのようだった。

ほほえみはアナクスの全身を駆けめぐる歌とも共鳴して、より甘美な響きにしてくれた。

「私の望みは単純よ」雪にかき消されてはいけないと思ったのか、コンスタンスが近づいた。「私の望みはね、アナクス、あなたといつまでも幸せに暮らせることなの。永遠に」

アナクスは彼女を引きよせ、二度と放さないというように抱きしめた。そして妻を見つめてほほえみ、その願いをかなえると心に誓った。

いつか、この体が歌っている歌を声を限りに歌ってみせる。

「そうするよ」アナクスは妻の手を取り、家路を急いだ。

12

二人はアイオワ州ハルバーグの家のクリスマスツリーの前で、クリスマスの朝を迎えた。暖炉には火が燃え、クリスマスキャロルが聞こえていた。

彼らは暖炉の前でシナモンロールを食べ、ホイップクリームとマシュマロを山盛りにしたホットチョコレートを飲んだ。ナタリアはツリーの下のプレゼントには見向きもせず、包装紙で遊んでいた。

ナタリアが昼寝をすると、アナクスは同じ暖炉の前で妻を抱きしめた。夫の肩に頭をのせるコンスタンスを見て、彼の胸は高鳴っていた。

「本当にここに引っ越してきてくれるの？　ここでずっと暮らすつもり？」

「君が望むなら、もちろん」アナクスは間髪を入れずに答えた。「僕はどこにだって住める」

コンスタンスが顔を上げてアナクスを見た。

「僕は君がいればいいんだ、お嬢さん《コリツィ》」

「なんて美しい言葉なのかしら。でも、私はもうこの町の人間じゃなくなったと思うの。ずっとここにいれば安らげると思っていたのに、私の中でなにかが変わったのよ。外の世界を見てみたいわ」

アナクスは彼女を膝の上に引きよせ、熱烈なキスをした。「では見せてあげよう」

そして彼はそのとおりにした。

ギリシアのクリスマスである一月のエピファニーがくるころ、コンスタンスはふたたび妊娠しているのに気づいた。だから、二人はその事実を最大限に利用した。妊娠の最初の六カ月間は二人でどこへでも出かけ、残りの三カ月間はアテネに落ち着いた。アナクスは医師たちを雇い、妻のどんな状況にも対応できるようにした。

しかしコンスタンスは、黒とクロムがアクセントになっている無機質なアパートメントには住みたくないと訴えた。「あなたを愛してるけど、あそこにいると気が滅入《めい》るの」

おかしなことに、アナクスも同じ意見だった。彼は別人に生まれ変わっていた。妻のおかげで自分の人生をまったく新しい目で見られていた。

その年のクリスマス、ハルバーグに戻ってきたとき、二人には幼い息子が生まれていた。

彼らはクリスマスの伝統を守りつづけた。コンスタンスはさらに男の子を三人産んだ。ナタリアは成長するにつれて自分のほうがわがままな弟たちよりすぐれていると思うようになったが、弟たちのことは愛していた。

ある年のクリスマスイブ、ナタリアはハルバーグの教会では静かにするよう弟たちに懇々と説教した。そして降誕劇の聖母マリアに注目するよう言った。

「だって、ママと私はあの役をやったんだから」

エフゲニアはいい祖母だった。彼女はアナクスの子供たちだけでなく、スタヴロスとヴァシリキの間に生まれた癇癪《かんしゃく》持ちの赤ん坊たちも溺愛した。

「すばらしいわ、兄さん」あるとき、ヴァシリキが言った。「兄さんは私たちを家族にしてくれた」

アナクスは妹と、一族でいちばんの幼子を抱いている自身の母親を見た。それから美しい妻に目を向ける。コンスタンスはスタヴロスと楽しそうに話していたが、世界一上等な服がそろったクローゼットなど持っていないみたいな格好をしていた。

彼は、妻がそんな自分に誇りを持っていることを理解していた。彼女によれば、正気を保っておくためなのだそうだ。

コンスタンスへの愛は日々大きくなる一方だった。アナクスは毎夜、彼女にそう伝えていた。

「僕たちはずっと家族だったんだ、ヴァシリキ」彼はそう言って妹に腕をまわし、自分の体を駆けめぐる温かな歌を分かち合った。「だからこの時季になると、それを祝福するんだよ」

その夜、アナクスはコンスタンスを求めた。好奇の目にさらされないようドアに鍵をかけた部屋で、何度も何度も妻を至福の世界へ導いた。

妻もまたお返しにアナクスに喜びを与え、二人は夜空の星になった錯覚に陥った。

お互いのために永遠に輝きつづける星に。

二人が我に返ったあと、彼はもう一度同じことをした。

「これだわ」コンスタンスが夫の首筋でため息をついた。「これこそ最高の幸せよ、愛するあなた」

「愛している」アナクスは言った。今ではいつでも口にできていた。

本当の奇跡は、自分が愛の言葉を本気で言っていることだった。この数年で、アナクスは愛を口にする方法や心のままに行動する方法、そして愛を受け取る方法を学んでいた。

それもこれも、すべてコンスタンスのおかげだ。

「愛しているよ、僕のお嬢さん《コリツィ・ムー》」ふたたび二人で歓喜の頂点をめざしながら、アナクスは言った。「僕は今がいちばん幸せだ。そして、この幸せはこれからも永遠に続いていくんだ」

彼は念のため、残りの人生をかけて毎日自分のその言葉を証明した。

なぜならアナクス・イグナティオスには経営すべき企業帝国と、蹴散らすべきライバルと、支配すべき世界があったが、彼にとって必要なのはコンスタンス一人だったからだ。

妻はアナクスのすべてだった。

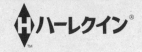

子を抱く灰かぶりは日陰の妻
2024年12月5日発行

著　者　ケイトリン・クルーズ
訳　者　児玉みずうみ（こだま　みずうみ）

発行人　鈴木幸辰
発行所　株式会社ハーパーコリンズ・ジャパン
東京都千代田区大手町 1-5-1
電話 04-2951-2000（注文）
0570-008091（読者ｻｰﾋﾞｽ係）

印刷・製本　大日本印刷株式会社
東京都新宿区市谷加賀町 1-1-1

ISBN978-4-596-71679-8 C0297

ハーレクイン・シリーズ 12月5日刊 発売中

ハーレクイン・ロマンス

愛の激しさを知る

祭壇に捨てられた花嫁　アビー・グリーン／柚野木　菫 訳　R-3925

子を抱く灰かぶりは日陰の妻　ケイトリン・クルーズ／児玉みずうみ 訳　R-3926
《純潔のシンデレラ》

ギリシアの聖夜　ルーシー・モンロー／仙波有理 訳　R-3927
《伝説の名作選》

ドクターとわたし　ベティ・ニールズ／原　淳子 訳　R-3928
《伝説の名作選》

ハーレクイン・イマージュ

ピュアな思いに満たされる

秘められた小さな命　サラ・オーウィグ／西江璃子 訳　I-2829

罪な再会　マーガレット・ウェイ／澁沢亜裕美 訳　I-2830
《至福の名作選》

ハーレクイン・マスターピース

世界に愛された作家たち
～永久不滅の銘作コレクション～

刻まれた記憶　ペニー・ジョーダン／古澤　紅 訳　MP-107
《特選ペニー・ジョーダン》

ハーレクイン・ヒストリカル・スペシャル

華やかなりし時代へ誘う

侯爵家の家庭教師は秘密の母　ジャニス・プレストン／高山　恵 訳　PHS-340

さらわれた手違いの花嫁　ヘレン・ディクソン／名高くらら 訳　PHS-341

ハーレクイン・プレゼンツ作家シリーズ別冊

魅惑のテーマが光る
極上セレクション

残された日々　アン・ハンプソン／田村たつ子 訳　PB-398

※予告なく発売日・刊行タイトルが変更になる場合がございます。ご了承ください。